TOCHTER DER ERDE

Die Töchter der Elemente

Band III

von A.L. Knorr

Impresssum

Titel: Tochter der Erde
Originaltitel: Born of Earth
Autor: Abby L. Knorr
Verlag: VVM
ISBN: 978-3-948684-57-0
Cover: Damonza
Deutsche Erstveröffentlichung: Berlin 2020

Für meine Mimzy
und alle innig geliebten Mütter

Himmel, der in Anwesenheit meiner Freundinnen so prachtvoll gefunkelt hatte, sah nun aus, als würde er mich mit seiner Finsternis verschlingen. Ich richtete meinen Blick auf die Glut im Feuer. Sie spendete keine Wärme mehr, sondern erstarb langsam. Ich saß so lange reglos da, dass ich mich schon fragte, ob ich vielleicht die Kontrolle über meinen Körper verloren hatte.

Dann hörte ich das knirschende Summen unseres Garagentors. Liz war nach Hause gekommen.

Liz würde sich über das freuen, was ich ihr zu sagen hatte.

Denn welche Mutter freute sich nicht, wenn ihre Tochter das Land verließ?

Da Targa überraschend die Gelegenheit bekommen hatte, mit ihrer Mutter nach Polen zu gehen, gab es nun niemanden mehr, mit dem ich den Sommer hier verbringen konnte. Also musste ich ebenfalls verreisen. Nach Irland. Ich hatte eigentlich nicht hinfahren wollen. Es war zwölf Jahre her, sei ich meine Tante Faith zuletzt besucht hatte. Sie war praktisch eine Fremde. Andererseits kam mir Liz, meine Mutter, auch wie eine Fremde vor. Also wo lag der Unterschied? Vermutlich würde ich so oder so den lieben langen Sommer im Bett liegen und Serien auf meinem Laptop gucken, warum also zu Hause in Saltfort und nicht auf der Grünen Insel?

Ich nahm die gefalteten Decken und ging nach

drinnen. „Liz?“ Ich schloss die Terrassentür mit meinen Zehen.

„Hier drin, Püppchen“, antwortete sie von ihrem Heimbüro aus.

Püppchen, und das in ihrem aristokratischen englischen Akzent. Liz hätte eigentlich einen irischen Akzent haben sollen wie meine Tante Faith, aber sie hatte Kurse belegt, um sich einen britischen Klang anzutrainieren.

Ich warf die rauchigen Decken in den Wäschekorb und stapfte unseren mit dickem Teppich ausgelegten Flur hinunter, lautlos wie ein Panther. Man könnte hier eine Leiche die Treppe hinunterwerfen und würde nichts hören. Targa zog manchmal ihre Socken aus, nur damit sie mit ihren Zehen die Weichheit unseres Teppichs spüren konnte. Ich konnte mich nie dazu bringen, dasselbe zu tun, ich hasste das Gefühl von nackten Füßen. Meine Sohlen waren zu empfindlich. Jedes kleine Stückchen Dreck, jede Teppichfaser und jeder Grashalm war mir zu viel.

„Hey.“ Ich steckte meinen Kopf in Liz’ Büro.

Sie tippte einhändig auf ihrem Laptop, einen Aktenordner in ihrer anderen Hand, die Prada-Bifokalbrille auf ihrer Nasenspitze. Ihre Haare sahen aus, als hätten sie sich nicht mehr bewegt, seit Liz heute Morgen um 5:45 Uhr aus dem Haus gegangen war.

„Hast du eine Minute Zeit?“

„Was gibt's denn?“ Sie schaute nicht von der Tastatur auf, und ihre Finger flogen noch schneller, wenn das überhaupt möglich war. Ich erwartete halb, dass die Tastatur jeden Moment in Flammen aufgehen würde.

„Ich werde doch den Sommer über nach Irland reisen. So wie du es wolltest.“

Das erregte ihre Aufmer

ksamkeit. Falten zeigten sich auf ihrer Stirn, als sie mich über ihre Brille hinweg anschaute, und ihre Finger hielten kurz inne. „Was ist passiert? Ich dachte, du und Targa würdet zusammen abhängen, campen, sowas in der Art. Ist das nicht, was du letzte Woche gesagt hast?“

„Nein. Ich hasse campen.“

Sie nahm ihre Brille ab und schob sich den Bügel in den Mund. Ich konnte sehen, wie sich die Zahnräder in ihrem Kopf drehten, wie sich die Schubladen in ihrem Gehirn öffneten und schlossen, während sie nach den aktuellsten Informationen suchte. „Hatten du und Targa einen Streit?“

Targa und ich stritten nie. Wenn Liz uns jemals zusammen beobachtet oder mich jemals etwas über meine beste Freundin gefragt hätte, hätte sie das gewusst.

„Nein. Targa reist nach Polen. In letzter Minute. Es ergibt keinen Sinn, wenn ich den ganzen Sommer allein im Haus herumhänge. Freust du dich nicht, dass ich gehe?“

Ich trat ein und setzte mich in einen der beiden Ledersessel, die ihrem Schreibtisch gegenüber standen. Ich schlug die Beine übereinander und faltete meine Hände im Schoß, als wäre ich eine Klientin, aber mein körperlicher Sarkasmus entging ihr völlig.

„Natürlich freue ich mich, Püppchen. Das ist großartig. Ruf Denise am Montag an, damit sie die Flüge bucht. Sie hat deinen Reisepass bereits aktualisiert, also bist du startklar.“ Sie setzte ihre Brille auf und hackte wieder auf ihre Tastatur ein. Denise war Liz’ Sekretärin. Sie passte auf, dass ich keine Zahnreinigung, keinen Haarschnitt und keine Maniküre verpasste – nur Pediküre machte ich nicht mit, igitt.

„Musst du noch mit Tante Faith reden? Ich meine, sie hat doch schon gesagt, dass ich kommen kann, oder?“

„Natürlich, Püppchen. Denise wird nächste Woche alles mit ihr klären. Sie wird dich sicher vom Bahnhof abholen. Faith, nicht Denise, natürlich.“

„Ich muss einen Zug nehmen?“

„Flug nach Dublin, Zug nach Anacullough. Du erinnerst dich nicht mehr?“ Tipp, tipp, tipp.

„Ich war ein Kind.“

„Denise wird es dir erklären, es ist einfach. Irlands öffentliche Verkehrsmittel sind hervorragend.“

„Ausgezeichnet.“ Ich sah ihr beim Tippen zu. Schließlich räusperte ich mich.

„Du wirst Spaß haben. Jasher wird auch da sein, dein Cousin. Du wirst einen Freund haben, mit dem du spielen kannst.“

Wahnsinn. Hatte sie wirklich gerade gesagt, dass ich einen Freund zum *Spielen* haben würde?

„Jasher, hm. Und wie ist er so?“

Sie runzelte die Stirn. „Ich habe ihn nie getroffen, woher soll ich das wissen? Ich bin sicher, er ist reizend.“

„Nun, wie alt ist er? Ich weiß, er ist älter als ich, aber wie viel älter? Was macht er so? Ist er ein Baseball-Typ oder ein Filmfreak?“

Sie war auf diese Fragen nicht vorbereitet. Liz hasste es, nicht vorbereitet zu sein.

„Ah“, machte sie dann und öffnete eine ihrer vielen Schreibtischschubladen. Sie wühlte und zog einen Stapel Umschläge heraus, die mit einem Gummiband umwickelt waren. Sie warf sie auf den Tisch. „Bitte sehr.“

„Was sind das für Umschläge?“ Ich beugte mich vor und nahm den Stapel entgegen. Briefe. Die Handschrift war elegant und die Stempel aus Irland.

„Von deiner Tante Faith. Wenn du die gelesen hast, wirst du alles wissen, was auch ich über Jasher weiß.“ Sie winkte mit den Fingern, als würde sie zaubern.

„Sieht so aus, als würde ich dann mehr wissen als du, Liz. Die Hälfte dieser Briefe sind ungeöffnet.“ Ich blätterte den Stapel durch.

„Gut!“ Sie sah auf und schenkte mir ein Lächeln.

„Gut“, wiederholte ich. Ich stand einen Moment lang da und lauschte wieder ihrem Tippen. In ihrem Kopf war ich schon weg. „Ok, ich werde dann in mein Zimmer gehen und Drogen nehmen.“

Sie blickte nicht auf. „In Ordnung, Püppchen. Ich wünsche dir viel Spaß.“

Ich ging, vollkommen geräuschlos dank des Teppichs.

Kapitel 2

Mein Zimmer sah aus, als wäre eine Bombe darin explodiert. Ich saß auf dem Boden, der Koffer stand offen, um mich herum stapelten sich meine Kleidungsstücke in drei Haufen: *ja*, *nein* und *vielleicht*. Ich prüfte seit einigen Tagen ständig das Wetter in Irland und versuchte, angemessen zu packen. Aber scheinbar war der irische Sommer so vorhersehbar wie der Aktienmarkt.

Der Stapel Briefe auf meiner Kommode fiel mir ins Auge. Ich war ohnehin schon vom Packen ermüdet, also stand ich auf und entfaltete meine Storchenbeine, wie Saxony sie immer nannte. Mit dem Papierstapel brach ich in die Küche auf, um mir einen Cappuccino zu machen. Liz hatte die Kaffeemaschine aus Neapel importiert.

Ich setzte mich in unsere helle, luftige Küche, und nachdem der Lärm der Kaffeemaschine verklungen war, leistete mir nur der Klang der tickenden Uhr Gesellschaft. Ich nahm einen Schluck von meinem schaumigen Getränk und zog das Gummiband vom Briefstapel. Es riss und schnippte gegen meine Finger. Diese Briefe mussten eine Weile in der Schublade gelegen haben. Kein Wunder, dass Faith irgendwann aufgehört hatte zu schreiben. Warum sich die Mühe machen? Liz las die Briefe ja nicht einmal.

Ich begann zu lesen. Anfangs erzählte Faith

hauptsächlich von ihrer Arbeit als Krankenschwester, von ihren Kämpfen mit dem Gesundheitssystem und ihren Vorgesetzten, von ihrem Wunsch den Beruf zu wechseln. Sie wollte moderne Technologie und alte Weisheit zusammenbringen. Was auch immer sie damit meinte.

Sie hatte auch ein Foto ihres Anwesens in Irland beigefügt. Es sah genau so aus, wie ich es in Erinnerung hatte. Das viktorianische Haus, das Faith und Liz als Sarasborne bezeichneten, war alt, aber gut erhalten, weiß mit Salbeibesatz und wegen der tadellos gestutzten Bäume und Sträucher und sorgfältig gepflegten Blumenrabatte hatte es fast einen Hauch von Landadel. Laut Liz war meine Großmutter Roisin (ausgesprochen Rosheen) so zwanghaft reinlich gewesen wie mein Großvater Padraig (Patrick) penibel als Gärtner, so dass er wie ein Diktator über das Fleckchen Natur geherrscht hatte, das ihm gehörte. Das zeigte sich in der Perfektion jedes Details des Hofes. Das Datum auf der Rückseite des Fotos stammte aus dem Jahr, in dem mein Großvater gestorben war. Unsere Familie war zu diesem Zeitpunkt noch ganz gewesen und wir zusammen zur Beerdigung nach Irland gereist. Ich konnte mich an nichts von der Reise erinnern. Das nächste Mal waren wir zur Beerdigung meiner Großmutter hingeflogen. Ich hatte meine Großeltern nicht gut genug gekannt, um ihnen ernsthaft nachzutrauern, aber traurig war ich nichtsdestotrotz gewesen, weil mein Vater uns gerade verlassen hatte. Liz und Brent hatten sich scheiden lassen, sich aber auf ein gemeinsames Sorgerecht geeinigt. Es stellte sich jedoch bald heraus, dass mein Vater nicht einmal das wollte, denn in weniger als einem Jahr war er verschwunden und hatte nur eine Handynummer für Notfälle hinterlassen. Liz war danach nie mehr dieselbe gewesen. Eine Zeit lang hatte sie versucht, eine gute Mutter zu sein. Aber dann fing sie an, richtig Karriere zu machen und das war's dann mit unserem letzten Stückchen Familiengefühl.

Ich las weiter. Faith bot Liz moralische Unterstützung nach der Scheidung an, und dass sie zurückzukommen und zu Hause leben könne. Sie schlug vor, dass sie mich zusammen in Irland aufziehen könnten. Sie gab zu, einsam zu sein. Zwar schien es ein paar Verehrer zu geben, aber keiner sei „der Eine."

Ich stützte den Kopf in die Hände und wurde trotz des Cappuccinos langsam schläfrig. Im vierten oder fünften Brief schrieb Faith endlich etwas Interessantes. Sie sei Zeuge eines medizinischen Wunders geworden. Eine Patientin war offenbar bei der Geburt gestorben, aber das Baby hatte gerettet werden können.

„So etwas habe ich noch nie gesehen", schrieb sie. „Dieses Kind sollte nicht am Leben sein." Sein

Vater taufte den kleinen Jungen Jasher. Da war er – die erste Erwähnung meines Adoptivcousins. Doch wenn er einen Vater hatte, wieso war er dann bei meiner Tante gelandet? Ich las weiter. Aber Jasher wurde in den Briefen der nächsten Jahre nicht mehr erwähnt.

Dann rutschten mir aus einem Brief zwei Fotos in den Schoß. Das erste zeigte Faith, die auf dem Rasen hockte und einen kleinen Jungen hielt. Auf der Rückseite des Fotos stand *Faith & Jasher, Sommer 2006*. Ich betrachtete den Jungen. Er war mager, dunkelhäutig, dunkeläugig und dunkelhaarig. Und er hatte einen Gesichtsausdruck, als hätte gerade jemand seinen Welpen erschossen. Kein Lächeln, der Mund ein fester Strich.

Das zweite Foto zeigte Jasher allein. Er wirkte etwas älter, immer noch dürr, und immer noch mit gequälten Augen stand er neben einem Brunnen.

„Ich weiß, du wirst bis ins Mark schockiert sein, Liz. Aber ich habe die Entscheidung getroffen, Jasher zu adoptieren. Sein Vater hat sich nie wirklich von dem Verlust von Maud erholt und scheint nach eigener Aussage unfähig zu sein, den Jungen großzuziehen. Er und ich müssen noch den Papierkram erledigen, was anstrengend sein wird, aber Jasher lebt bereits bei mir und scheint in besserer Stimmung zu sein.“

Faiths Tonfall blieb förmlich während sie berichtete, dass Jasher eine schwere Zeit auf der

Schule in Anacullough durchmachte. Er fand nicht leicht Freunde. Er schlief nicht, und er schien Angstzustände zu haben. Faith nahm ihn schließlich für ein Jahr aus der Schule und stellte eine Lehrerin ein, die ihn zu Hause unterrichtete. Sie schrieb, dass sich Jashers Gesundheitszustand verbesserte und er glücklicher zu sein schien, auch wenn sie sich über seine Zurückgezogenheit Sorgen machte. Er sei immer im Freien und arbeitete im Hof, aber das Grundstück verlasse er nur ungern.

Schließlich kam ich zum letzten Brief. Auf der Rückseite des Umschlags befand sich die Zeichnung einer Fee. Sie hatte gelbes Haar und gelbe Flügel, die feucht und zerknittert aussahen. Ich schaute näher hin und fuhr mit dem Daumenballen darüber. Die Zeichnung war wahrscheinlich mit Buntstiften gemacht worden, und sie war sehr gut. Das kleine Feengesicht wirkte sehr realistisch, in keiner Weise karikaturhaft. Faith hatte also eine künstlerische Ader.

Ein weiteres Foto fiel zwischen den beiden Seiten heraus und landete mit dem Gesicht nach unten auf dem Boden. Auf der Rückseite war in der sauberen Handschrift von Faith *Jasher Sheehan, Sommer 2013*, gekritzelt. Er trug also nun offiziell den Namen Sheehan. Im Jahr 2013 wäre er sechzehn Jahre alt gewesen. Ich drehte das Foto um.

Ich musste gestehen, dass ich innerlich ein 'Wow' ausstieß. Faith und Jasher posierten vor einem hölzernen Pavillon. Er hatte den Arm um ihre Schultern gelegt. Zum ersten Mal zeigte sich ein Lächeln auf seinem Gesicht. Der Mann auf dem Foto sah wie eine ganz andere Person aus als der Junge der früheren Fotos. Er trug ein schlichtes weißes T-Shirt und Jeans, seine Füße waren nackt. Mir fiel auf, wie hübsch seine gebräunte Hand auf dem Holzpfosten war und dass er die athletische Figur von jemandem hatte, der sich viel bewegte. Eine nach hinten gedrehte Baseballmütze bedeckte dicke braune Locken. Seine Augen waren halb geschlossen. Seine weißen Zähne strahlten in seinem gebräunten Gesicht. Der Schatten eines Bartes verdunkelte sein Kinn. Er sah aus wie Mitte zwanzig, nicht wie unfertige sechzehn.

Das war also der Typ, mit dem ich den Sommer verbringen würde. Ich schluckte. Auch wenn ich nicht so oberflächlich sein wollte, schüchterte mich sein Aussehen extrem ein. Und dieses Foto war schon drei Jahre alt. Wie würde er jetzt aussehen? Das letzte Foto von Jasher und Faith draußen lassend, stapelte ich die Briefe wieder so, wie sie gewesen waren, band ein neues Gummiband darum und brachte sie zurück in die Schublade in Liz' Büro. Das Foto steckte ich in die Ecke meiner Pinwand in meinem Zimmer und schaute es mir nachdenklich an. In mir wuchs der Wunsch, diese Leute kennenzulernen und herauszufinden, warum meine Mutter sich so sehr von ihrer Familie distanziert hatte.

Wie ich Liz kannte, hatte sie sich vermutlich nicht die Mühe gemacht, Faith je zurückzuschreiben. Vielleicht hatte sie ein paar von den frühen Briefen beantwortet, aber sicherlich keinen mehr, seit sie Partnerin geworden war. Allerhöchstens hatte sie eine digitale Weihnachtskarte verschickt ... aber das war's auch schon.

Jasher wusste bestimmt, dass ich existiere, aber mehr auch nicht. Wie fand er es, dass seine Cousine den Sommer über bei ihnen wohnen würde? War er immer noch schmerzlich schüchtern, so wie Faith ihn in seiner Jugend beschrieben hatte? Würden wir miteinander auskommen?

Ich wandte mich wieder meinem Koffer zu. Ein hübsches blaugrünes Sommerkleid, das ich auf den Nein-Haufen geworfen hatte, weil es eher für ein tropisches Reiseziel taugte, hielt ich jetzt wieder hoch. Es sah wirklich süß an mir aus, vielleicht sogar sexy. Ich faltete es und legte es auf den Ja-Haufen.

Kapitel 3

Ich stieg aus dem Zug und auf die sonnenwarmen Steine der Station Anacullough. Die Luft war feucht und reich an Gerüchen. Ich rollte mein Gepäck rasch weg von der Zugtür, um sicherzugehen, dass ich keine aussteigenden Passagiere blockierte. Doch ich war die Einzige, deren Reise hier endete.

Ein heller Schacht aus Sonnenlicht strömte zwischen Zug und Bahnsteigdach herab. Ich zog meine Sonnenbrille aus meiner Handtasche. Anscheinend würde ich sie brauchen. Sonne in Irland, wer hätte das gedacht? Ich faltete die Regenjacke zusammen, die ich getragen hatte, und steckte sie in die Vordertasche meines Koffers.

„Anas Station" war eine süßer, altmodischer Bahnhof mit lackierten Eisenbänken und passenden Eisenpfosten, geschmückt mit Efeublättern. Bis auf das Dach über dem Bahnsteig war die Station offen. Eine Brise strich mir sanft die Haare aus der Stirn.

Ich sah mich nach Tante Faith um. Ein Mann saß auf einer Bank und versteckte sein Gesicht hinter einer Zeitung. Ein Bahnhofsangestellter fegte Staub, Kaugummipapier und totes Laub in einen tragbaren Mülleimer. Tante Faith war nirgendwo zu sehen. Ich begann mir die Steifheit aus den Hüften zu strecken, erinnerte mich an mein Versprechen, meine Freundinnen auf dem Laufenden zu halten, und zog mein Handy heraus, um in den

Gruppenchat mit Targa, Saxony und Akiko zu schreiben. Saxony war bereits in Italien, also war sie mir eine Stunde voraus. Akiko musste auf der Durchreise nach Kyoto zum japanischen Teil ihrer Familie sein, und ich hatte keine Ahnung, wie viel Uhr es für sie war. Targa steckte in Polen, also war es für sie ebenfalls eine Stunde später. Vielleicht hatte ich Glück und Targa und Saxony waren gerade online.

Ich schrieb: *Mitten im Nirgendwo. Ich, ein paar Ruinen, eine Menge Grünzeug und ein Haufen alter Leute, die komisch reden.*

Targa schrieb beinahe augenblicklich zurück: *Ich bin froh, dass du lebendig angekommen bist, jetzt hör auf zu jammern und genieße es.*

Saxonys Antwort folgte ein paar Minuten später: *Schick mir Bilder von deinem Cousin!*

Ich: *Kannst du meine Familie aus deinen Fantasien rauslassen?*

Saxony: *Ich möchte ein Foto von ihm beim Reinigen des Pools, bitte. Danke. Und jetzt muss ich weiterschlafen. Hast du eine Ahnung, wie früh es hier ist?*

Ich: *Ist es nicht schon Mittag?*

Saxony: *Eben! Viel zu früh.*

Ich lachte laut. Ich: *Dann träum mal schön.*

„Georjayna?“ Eine leise, irische Stimme erschreckte mich von hinten.

Ich fuhr herum, Handy und Sonnenbrille in der

Hand.

Meine Tante sah genau so aus, wie ich sie in Erinnerung hatte. Ein breites Grinsen, eingeklemmt zwischen weiche Wangen und ein Tuch, das ihr lockiges blondes Haar bedeckte. Sie streckte die Arme aus, um mich an sich zu drücken, und ich erschnupperte einen angenehmen Kräuterduft an ihr.

„Ich wollte dich nicht erschrecken", sagte sie. Ihre irische Sprechmelodie war Musik in meinen Ohren. „Himmel! Du bist so ..."

„Groß?"

„Ich wollte hübsch sagen, aber ja, das auch. Wie war deine Reise?"

„Gut, danke."

Während wir uns unterhielten, machten wir uns auf den Weg zu ihrem Hybridfahrzeug und traten hinaus unter die Sonne. Ich hatte vergessen, wie üppig grün Irland war. Ein Kind bemerkt solche Dinge nicht, oder vergisst sie schnell wieder. Ich verlud mein Gepäck und klappte mich auf dem engen Beifahrersitz zusammen. Meine Knie ragten so hoch wie das Handschuhfach.

„Macht es dir etwas aus, wenn wir auf dem Heimweg am Lebensmittelladen anhalten? Ich brauche ein paar Dinge", fragte Faith.

„Überhaupt nicht." Wir fuhren los, aber der Motor war so leise, dass ich nicht einmal merkte, dass er lief.

„Ich bin Ende Juli für ein paar Wochen auf einem Kurs in Aberdeen. Glaubst du, du kommst allein zurecht? Ich habe es schon deiner Mutter erzählt und sie sagte, dass du daran gewöhnt seist, allein zu sein. Aber Jasher wird da sein."

„Keine Sorge, ich komme zurecht. Worum geht es in dem Kurs?"

„Es ist ein Reflexologiekurs. Ich habe das vor fast einem Jahrzehnt studiert. Ich brauche eine Auffrischung in einem speziellen Bereich."

„Als ich das letzte Mal hier war, hast du als Krankenschwester gearbeitet, richtig?"

„Das ist richtig. Ich bin immer noch im Gesundheitswesen tätig, aber ich bin von der Krankenpflege zur ganzheitlichen Pflege übergegangen. Kräuterkunde, etwas Meridianarbeit, aber hauptsächlich Reflexologie."

„Was ist das genau?", fragte ich höflich.

„Es ist eine Therapie, die die Reflexpunkte im Körper nutzt. Indem ich Druck ausübe und diese Punkte stimuliere, kann ich jemandem helfen, zu heilen. Meistens durch Punkte in den Füßen." Sie sah zu mir hinüber, ihre Augen leuchteten. „Wusstest du, dass deine Füße ein Tor zum Rest deines Körpers sind? Es ist wirklich gut für dich, barfuß durch Gras zu laufen, all die Energie und die hilfreichen Bakterien im Boden fördern unsere Gesundheit."

Hilfreiche Bakterien? Ich wand mich auf dem

Beifahrersitz. „Das wusste ich nicht, Tantchen", sagte ich. Das Letzte, was ich tun würde, wäre barfuß im Dreck herumzutrampeln. Allein der Gedanke daran brachte mich dazu, meine empfindlichen Füße unter mir zusammenzuziehen.

Faith verlangsamte das Auto. „Da wären wir." Sie fuhr auf einen Parkplatz vor einem kleinen Lebensmittelladen. „Willst du mit reinkommen?"

„Sicher." Ich schnallte meinen Sicherheitsgurt ab. „Ich habe sowieso schon zu viel gesessen."

Ich folgte meiner Tante durch den Laden und guckte mir die Klatschblätter und Modezeitschriften an. Faith war mit ihrer Einkaufstüte schnell fertig, da es keine anderen Kunden im Laden gab.

Doch eben als wir auf die Straße hinaustraten, stieß Faith mit einem riesigen Mann mit einer schwarzen Schiebermütze zusammen. Ein Laib Brot fiel aus Faith's Tasche.

„Entschuldigung", sagte der Mann, während er sich bückte, um das Brot aufzuheben. Er hielt es Faith hin, und für einen Moment schien es, als ob sie es nicht annehmen wollen würde. Ich schaute sie neugierig an, konnte ihren Gesichtsausdruck aber nicht deuten. Sie schien ein wenig blasser zu sein als sonst.

„Danke", sagte Faith schließlich und nahm das Brot. „Wie geht es dir, Brendan?"

„Den Umständen entsprechend", sagte er. Brendan hatte einen dicht geschnittenen grauen Bart und

Falten, die seinen Mund umrahmten. Er nickte mir zu.

„Ich habe gehört, du hast das alte O'Brien-Haus gekauft?“, fragte Faith.

„Die Leute reden zu viel. Aber ja es stimmt.“

Meine Tante wurde noch blasser. „Ich hatte gehofft, dass es nur ein Gerücht wäre.“

„Der Preis stimmte.“

Er sagte es ein bisschen scharf, wie ich fand.

„Das kann ich mir vorstellen“, sagte Faith. „Hast du vor, dort zu leben?“

„Natürlich, warum hätte ich es sonst gekauft?“

„Ich weiß, aber ... dort herrscht eine schlechte Energie, Brendan.“

Ich schaute Faith fasziniert an. Liz hielt überhaupt nichts von spirituellen Dingen. Und ich? Ich konnte zumindest spüren, dass die Energie zwischen Liz und mir keine Positive war. Wenn Faith von schlechter Energie sprach, wusste ich, was das bedeutete.

„Ich lasse mich nicht auf diesen ganzen Unsinn ein“, meckerte Brendan. „Das Haus braucht nur etwas Dünger und etwas richtige Pflege. Es ist siebzig Jahre lang vernachlässigt worden.“

„Wann ziehst du ein?“, fragte Faith, die Lebensmittel auf dem Arm balancierend. Ich streckte die Hand aus, um ihr die Tüte abzunehmen, woraufhin sie mir ein dankbares Lächeln schenkte.

„In zwei Wochen“, sagte Brendan, der bereits an

seine Mütze tippte, um sich zu verabschieden.

„Nun, man sieht sich." Er verschwand im Laden.

Faith sah ihm nachdenklich nach. „Wer war das, Tante Faith?", fragte ich.

Sie seufzte und öffnete die Tür auf der Fahrerseite. „Niemand, den du kennen musst."

Ich blickte zur Ladentür.

Tante Faith zwinkerte auf dieselbe Art wie Liz, wenn sie log.

Kapitel 4

Bei meinem letzten Besuch vor zwölf Jahren war Faiths Haus strahlend weiß gewesen. Jetzt konnte ich es unter all den Ranken und Kletterpflanzen kaum erkennen. Ein kleines Holzschild mit den Worten *Sara Rugadh* und *Sarasborne* begrüßte uns an der Ecke, als Faith den Wagen in die Einfahrt lenkte.

„Warum heißt das Haus Sarasborne?“, fragte ich Faith und machte mir nicht die Mühe, die gälische Version auszusprechen.

„Es ist ziemlich wörtlich zu verstehen. Das erste Kind, das in diesem Haus geboren wurde, hieß Sara Sheehan, im Jahre 1823. Wenn man die Geschichte glauben kann“, fügte sie hinzu, „war das Haus noch nicht einmal fertig, bevor das kleine Ding auftauchte. Sie kam mit so wenig Vorwarnung, dass keine Zeit blieb die Bauarbeiter zu verscheuchen. Sie wurde inmitten der Geräusche von Hämmern und Sägen geboren. Rugadh bedeutet *früher geboren.*“

„Zweihundert Jahre Abstammung“, sagte ich zu mir selbst, als ich auf das Bauwerk starrte. Ich wusste kaum etwas über meine Familie.

„Ja, dieser Ort hat eine lange Geschichte“, sagte Faith.

Zwischen den dicken Vorhängen aus Efeu entdeckte ich Fenster. Eine Garage mit drei Autos war ebenfalls in dem Gewirr von Reben und Blätter zu erkennen. Kleine weiße und orangefarbene Blumen leuchteten im Grün.

Faith parkte. Ich kletterte mit einigen Schwierigkeiten heraus – Autos in Irland kamen mir kleiner vor –, und sah mich um. Eine steinerne Terrasse auf der Rückseite des Hauses war von Bögen gesäumt, von denen violette Blüten hingen. Ihr Duft erfüllte die Luft.

„Wow“, sagte ich. „Ich habe noch nie ein Haus gesehen, das von so viel Natur umgeben ist.“

Ein kleiner Teich mit Karpfen glitzerte neben der Terrasse, auf der Möbel aus Korbgeflecht auf den Steinplatten arrangiert worden waren. Dahinter befand sich ein Pavillon. Auch er würde bald von Grün verschluckt werden – Efeu kroch bereits an seinen Pfosten hinauf.

„Schön, oder?“, sagte Faith.

„Wunderschön. Ich hoffe nur, es gibt keine Bienen.“

Sie warf mir einen verwirrten Blick zu. Ich räusperte mich. Ich hatte Angst vor Bienen. „Hat Jasher den gemacht?“, fragte ich und zeigte auf den Pavillon.

„Er hat alles gebaut außer dem Haus. Er war dabei, eine alte Scheune für eines seiner Landschaftsbauprojekte zu säubern, und da durfte er sich alles nehmen. Er baute den Pavillon an einem Wochenende.“

„Unglaublich. Es sieht alles so wild und lebendig hier aus."

Faith lachte. „Deine Großeltern hätten das Wort *wild* ebenfalls benutzt, aber weniger anerkennend. Sie würden sich in ihren Gräbern umdrehen, wenn sie das hier sehen könnten." Sie öffnete den Kofferraum und holte mein Gepäck heraus.

„Nachdem Mama und Papa gestorben waren", fuhr sie fort, „zog ich es vor, der Natur ihren Lauf zu lassen. Jasher sorgt dafür, dass uns die Pflanzen nicht in die Ohren wachsen. So, lass uns dein neues Heim einrichten."

„Wo ist mein mysteriöser Cousin eigentlich?", fragte ich und rollte meinen Koffer den Plattenweg entlang.

„Er ist bei der Arbeit. Er wird etwas später nach Hause kommen. Er ist fast immer um drei Uhr fertig."

Ich spielte mit dem Gedanken, vorher ein Nickerchen zu machen. Ranken von Efeu streiften meinen Kopf, als ich mich ins Haus duckte. Gleich hinter dem Eingangsbereich befand sich die Küche. Ein berauschender Kräuterduft erfüllte die Räume. „Was ist das für ein Geruch?"

Sie warf mir einen ungläubigen Blick zu. „Du erkennst Lavendel nicht?" Sie zeigte auf eine Topfpflanze auf dem Frühstückstisch in der Ecke. Stacheln von violetten Blumen krönten eine Gruppe von kleinblättrigen Stielen. „Ganz ehrlich, hat dir deine Mutter nichts über Heilkräuter beigebracht? Sie und ich sind mit Kräutern aufgewachsen. Ich bin überrascht, dass sie dieses Wissen nicht an dich weitergegeben hat.“

„Nun nein … Es riecht aber toll“, sagte ich, als wir mit meinem Gepäck an der Küche vorbei gingen.

Sie brachte mich in das Zimmer im zweiten Stock, das einmal Liz gehört hatte. Es lag an der hinteren Ecke des Hauses, mit Blick auf den Garten. Es war riesig und hatte einen eigenen Kamin. Ein abgenutzter Teppich schützte den Hartholzboden und ein Himmelbett war das Herzstück des Zimmers. Ein antiker Schreibtisch saß unter einem der drei großen Fenster, der perfekte Ort, um meine Kursarbeiten zu erledigen. Ich hatte mich nämlich für einen Online-Kurs in Fotomontage angemeldet. Ich hatte schon immer Spaß am Fotografieren gehabt und sogar einen Wettbewerb gewonnen mit einem Foto, das ich am Strand von Targa gemacht hatte. Sie war ins Meer gelaufen, aber als sie zurückblickte, flogen ihre dunklen Haare vor ihr Gesicht. Eine Welle hatte sie an den Oberschenkeln getroffen und ihren Körper mit weißer Gischt eingerahmt, die im Sonnenschein glitzerte. Auf dem Bild sah sie aus wie ein Wesen aus einer anderen Welt.

Faith stellte mein Gepäck ab. „Ich weiß, dass du ein Technik-Freak bist ...“

„Hat Liz dir das erzählt?“

„Hat sie. Ich glaube, deine Mutter war besorgt, dass du ohne Internet verschrumpeln und sterben würdest. Aber wir haben kein W-Lan in diesem Haus."

Mein Gesicht erstarrte. „Ernsthaft?"

Liz hatte mir nichts davon gesagt. Vermutlich aus Angst, dass ich dann nicht mehr hergekommen wäre. Und das wäre ich wahrscheinlich wirklich nicht. Kein Internet zu haben bedeutete von all meinen Freundinnen und von der Welt abgeschnitten zu sein.

„Ich weiß, es ist schwer zu glauben." Faith streckte ihre Handflächen nach oben. „Aber du wirst feststellen, dass die Ana County Library und die meisten Cafés in der Stadt W-LAN haben."

„Du und Jasher seid nie online? Wie überlebt ihr?" Das war Wahnsinn.

Sie lachte. „Oh, Georjie, es gibt hier so viel zu tun, wir haben keine Zeit für so was."

Für so was. „Was ist mit E-Mails? Mit deiner Arbeit?"

„Ich bin kein kompletter Dinosaurier. Ich habe ein Handy. Aber du kannst mein Fahrrad benutzen und in die Stadt fahren, wann immer du willst. Es gibt einen Pfad, er ist ziemlich hübsch und es dauert nur ein paar Minuten, um zum Dorfplatz zu kommen."

„Ähm, ok. Danke", sagte ich und hatte schon einen Plan, um den Schaden zu minimieren. Ich würde einfach einen Hotspot mit meinem Handy einrichten. Es war undenkbar, dass ich jedes Mal mit dem Fahrrad ins Dorf fahren würde, wenn ich Internetanschluss brauchte.

„Ich werde den Nachmittag über in meinem Büro arbeiten“, sagte Faith und legte ihre Hand auf den Türgriff. „Dann habe ich einen Termin im Ort. Wir sehen uns am Abend, ja? Schau dich gern um. Oder ruh dich aus. Willkommen in Sarasborne, Liebes.“

Faith ließ mich allein und ich durchwühlte mein Gepäck nach meiner Schlafhose. Dann kämmte und flocht ich mein langes, blondes Haar und stand am Fenster, um über den schönen grünen Hof zu schauen und den Garten zu bewundern.

Zwei winzige, farbenfrohe Leuchtspuren flogen in Lichtgeschwindigkeit an meinem Fenster vorbei. Ich trat näher und spähte durch das altersverzerrte Glas in die Richtung, in die sie entschwunden waren. Aber ich konnte sie nicht mehr sehen. Ich gähnte und rieb mir die trockenen Augen. Ich kroch zwischen die kühlen frischen Laken und schlief fast augenblicklich ein.

Kapitel 5

Als ich von meinem Mittagsschlaf erwachte, war Tante Faith verschwunden, aber sie hatte ein Tablett mit Essen auf der Küchentheke stehen lassen, mit einem Klebezettel auf der Glocke, auf dem mein Name in ihrer feinen Handschrift gekritzelt stand. Ich lüftete die Glocke und lächelte: ein frisch gebackener, fluffiger Scone mit mehreren Schälchen saure Sahne, Marmelade, Butter und hart gekochte Eier. Ich stöberte in der großen Küche herum, suchte nach Tee und versuchte, den Gasherd anzuzünden. Es gelang mir, sodass ich wenig später mit einer dampfenden Teetasse, meinem Laptop und meinem Essen in den Pavillon ging. Meine Flip-Flops klatschten mir auf die Fußsohlen, während ich den steinernen Weg ging, den Jasher gebaut hatte, und die Vögel verfielen angesichts dieses ungewohnten Geräusches in Schweigen.

Ich setzte mich an den Tisch im Pavillon und arrangierte meinen Laptop, meinen E-Reader und mein Handy vor mir – so sah meine Vorstellung vom Himmel aus. Zumindest konnte ich auch ohne W-Lan Photoshop benutzen und lesen.

Ich bestrich mein Scone abwechselnd mit Butter, Konfitüre und saurer Sahne – köstlich. Es mochte ein einfaches Gebäckstück sein, aber zu Hause aß ich eine Menge Sandwiches und Lieferessen. Trotz unserer Hightechküche war Liz allergisch gegen jegliche Art von Kochen und ich selbst betrachtete es als eine Errungenschaft, Brot zu toasten, ohne es zu verbrennen.

Ich hatte gerade meinen Tee ausgetrunken, als ich ein Fahrzeug in die Einfahrt rollen hörte. Das musste Jasher sein, denn Faiths Hybrid war ja fast lautlos. Der Motor ging aus und ich hörte die Autotür auf und zugehen. Eine quietschende Heckklappe wurde heruntergelassen, gefolgt von kratzenden Geräuschen. Schmetterlinge schwirrten durch meinen Magen, sehr zu meinem Ärger. Warum war ich so nervös? Nur weil er gut auf dem einen Foto aussah – so oberflächlich wollte ich nicht sein.

Jasher erschien um die Ecke, und mein Atem blieb stehen.

Manchmal überkommt mich ein seltsames Gefühl, wenn ich jemanden zum ersten Mal sehe. Es passiert nicht oft, und nur mit wenigen Menschen. Targas Mutter, Mira, hatte das Gefühl mehrmals ausgelöst. Nicht jedes Mal, wenn ich sie sah, aber ab und zu, wenn ich es am wenigsten erwartete, wehte das Gefühl durch mich hindurch wie Pollenstaub. Und Jasher konnte ich nun zu meiner kurzen Liste von diesen Leuten hinzufügen.

Er war sogar noch attraktiver, als er auf dem Foto ausgesehen hatte. Groß, kräftig und braungebrannt von den vielen Stunden, die er draußen verbrachte. Er hatte mich noch nicht wahrgenommen. Sollte ich

Hallo rufen oder warten, bis er mich entdeckt hatte? Meine Zunge lag wie erstarrt in meinem Mund und entschied für mich.

Jasher trug mehrere Fensterrahmen, die aussahen, als hätte er sie von einer Müllhalde gerettet. Die meisten der Glasscheiben waren zerbrochen. Er lehnte sie gegen die Seite der Garage und verschwand aus meinem Blickfeld. Mehr kratzende Geräusche folgten und er tauchte mit einer weiteren Ladung Fensterrahmen auf.

Aus der Entfernung konnte ich seine Gesichtszüge nicht gut erkennen, aber ich konnte die dunklen Augenbrauen und Wimpern und den mehrere Tage alten Bartwuchs sehen. Er trug ein schwarzes T-Shirt und ausgebeulte braune Leinenshorts, die bis zu seinen Knien reichten. Er wäre ein gutes Covermodell für eine Männerfitnesszeitschrift gewesen.

An Saxony denkend, schnappte ich mir mein Handy und öffnete meine Kamera. Ich zoomte heran und machte ein Foto, kurz bevor er eine weitere Ladung Fenster deponierte. Ich zuckte bei dem digitalen Aufnahmegeräusch zusammen, das ich nicht ausgeschaltet hatte.

Jasher hörte es. Er sah auf und schirmte seine Augen vor der späten Nachmittagssonne ab. Ich verbarg mein Handy neben meinem Laptop. Er grinste und mein Herz machte einen kleinen Sprung. Gott, was für ein Lächeln.

„Hallo!“, rief er. Seine Stimme klang wie geschmolzenes Karamell.

„Hallo“, rief ich zurück. Ich zwirbelte eine Haarsträhne um meine Finger, bemerkte es und ließ abrupt meine Hand fallen. Was war nur los mit mir? Ein hübsches Gesicht ließ mich doch sonst nicht meine Selbstbeherrschung verlieren. Warum benahm ich mich plötzlich wie eine Zwölfjährige? Normalerweise waren die Jungs die Ungeschickten, nicht ich.

Er überquerte den Rasen und zog seine Arbeitshandschuhe aus. Die Schönheit seiner Gesichtszüge wurde immer deutlicher. Mit solchen Wimpern und Wangenknochen musste er sich nicht sehr anstrengen, um bei einer Frau eine körperliche Reaktion hervorzurufen. Er hatte einen angenehmen, offenen Ausdruck und ein leichtes Grinsen, aber als er sich näherte, geschah etwas Seltsames. Sein Blick fiel auf die vor mir stehenden Geräte und sein Lächeln verblasste augenblicklich. Das seltsame Gefühl in mir verstärkte sich.

„Was machst du da?“, fragte er barsch.

„Ein bisschen Arbeit erledigen. Ich habe mich für einen Sommerkurs angemeldet“, erklärte ich. Das war eine Lüge, ich hatte ein Scone gegessen, nicht gearbeitet, aber aus irgendeinem Grund hatte ich das Gefühl, mich rechtfertigen zu müssen.

Seine dunklen Augen betrachteten verärgert meinen Laptop.

Um das Eis zu brechen, stand ich auf und streckte meine Hand aus. „Schön, dich endlich kennenzulernen, Jasher.“

Er sah meine Hand an, als würde ich ihm statt eines Händedrucks einen Schlangenkadaver auf einer Gabel anbieten. Schließlich trat er vor, griff über das Geländer und nahm meine Finger in seine. Die Wärme seiner Berührung rollte meinen Arm hoch. Er drückte seine Hand einmal und ließ sie dann schnell los. Ein kalter Luftzug fegte über mich hinweg. Er nickte, sagte aber nichts. Dann klopfte er mit seinen Handschuhen gegen seine Handfläche. „Nun, ich habe Arbeit zu erledigen. Viel Spaß mit deinem Kurs.“

Hatte ich mir das eingebildet, oder hatte er *Kurs* in einem verächtlichen Ton gesagt? Er ging zurück zu seinem Lastwagen und verschwand um die Ecke des Hauses. Als er wieder auftauchte, trug er eine Baseballmütze und eine Schutzbrille. Er sah mich nicht mehr an. Er machte sich daran, Sägepferde vor der Garage aufzustellen und die Arbeit mit den Fenstern vorzubereiten. Ich war völlig unsichtbar für ihn.

Nach seinem kalten Empfang konnte ich mich nicht mehr konzentrieren. Er ignorierte mich so offensichtlich, dass ich meine Sachen packte und ins Haus floh. Ich war so verwirrt, dass ich erstmal in meinem Zimmer herumlief und nicht still sitzen konnte. Was war sein Problem? Ich hatte nicht einmal Zeit gehabt, ihn irgendwie gegen mich aufzubringen. Wenn es so zwischen uns sein sollte, dann konnte ich genauso gut packen und gleich nach Hause gehen. Oder reagierte ich über?

Der Tag war schön, also schnappte ich mir irgendwann mein Telefon und ging wieder nach draußen. Ich würde ein paar Fotos machen, solange das Licht schön war. Beim Fotografieren fühlte ich mich immer besser. Ich lief in die entgegengesetzte Richtung der Garage und hielt Abstand zu Jasher. Er arbeitete und beachtete mich nicht.

Ich machte Fotos von dem Teich und dem Pavillon und erkundete das Außengelände von Sarasborne. Ein dicht bewaldetes Gebiet säumte die Rückseite des Grundstücks, und ich konnte eine kleine Brücke ausmachen, die über einen Bach führte. Dahinter schienen Hügel und Felder durch die Bäume zu schimmern. Als ich ein 360-Grad Panoramafoto machte, fiel mein Blick auf etwas, das an der Seite des Hauses befestigt war und das ich vorher nicht bemerkt hatte. Ein Gewächshaus.

Es bestand aus einer Reihe von alten Fenstern in allen Formen und Größen, die nicht zusammenpassten. Erstaunt ging ich näher heran. Das stellte Jasher also mit all den alten Fenstern an. Ich hatte das Gewächshaus vorher nicht bemerkt, weil es auf der anderen Seite des Hauses lag. Aber es war riesig. Selbst mit einem ungeschulten Auge konnte ich erkennen, dass es sich bei diesem

Gebäude um ein Wunderwerk handelte. Wie Jasher es geschafft hatte, ein solches Gewächshaus nur aus alten Fenstern zusammenzusetzen, war mir ein Rätsel. Beeindruckt schaute ich zu Jasher hinüber. Er hatte den Kopf über die Werkbank gesenkt und ein Fenster unter seinen Händen.

Ich näherte mich dem Gewächshaus und sah mir die Details an. Es war an Sarasborne angebaut. Es musste also einen Eingang geben, der aus einem der Räume hinausführte. Vielleicht gab es an diesem Ende des Hauses einen Salon? Ich konnte mich nicht erinnern.

Der Grundriss des Gebäudes entsprach der Form eines Schlüssels. Der runde Teil hatte ein großes gewölbtes Dach. Der Hals des Schlüssels war ein schmaler Gang, der mit Sarasborne verbunden war. Ein Hauch von Grün war alles, was ich durch das Glas erkennen konnte. Die meisten Scheiben sahen alt und verzogen aus. In Richtung der Kuppelspitze ragten die Äste eines unternehmungslustigen Baumes hervor.

Ich schoss ein paar Fotos vom Gewächshaus. Es musste einzigartig auf der ganzen Welt sein. Als ich näher kam, erscholl ein wütendes: „Hey!“

Ich fuhr zusammen. Jasher sah mich an, die Brauen zusammengezogen. Ich schaute hinter mich und um meine Füße herum und versuchte herauszufinden, weswegen er verärgert war. Ich stand jedenfalls nicht in einem Blumenbeet.

„Geh da weg mit dem Ding!“, rief er und schwang mit dem Hammer in seiner Hand in meine Richtung.

„Geh wovon weg mit welchem Ding?“

„Weg von meinem Gewächshaus mit deinem blöden Telefon!“ Sein Ton war scharf.

Ich trat zurück. Jasher wandte sich kopfschüttelnd und irgendetwas murrend wieder seiner Arbeit zu.

Blödes Telefon. Hitze spülte meinen Hals hinauf und über meine Wangen. Es war doch schmeichelhaft, dass ich mich für sein Bauwerk interessierte. Ich fand es schön genug, um Fotos davon zu machen, also was war sein Problem? Welches Recht hatte er, mich anzuschreien?

Meine Sicht verschwamm, und mein Gesicht fühlte sich an, als würde es verbrennen. Ich schlich zurück ins Haus. Vielleicht hatte er Angst, ich würde meine Fotos online stellen und jemand würde seine Idee stehlen oder so. Aber ganz gleich, was er dagegen haben konnte, er brauchte nicht so unhöflich zu sein.

Plötzlich vermisste ich meine Freundinnen.

Ich duschte, um den Vorfall aus meinem Kopf zu schrubben, aber er kroch immer wieder in mein Bewusstsein zurück. Ich stellte das Wasser ab, trat zitternd aus der alten Klauenfußwanne und wickelte mich in ein hartes Handtuch. Die Haare in einen Turban geschlungen, schloss ich mich in meinem Zimmer ein.

Ich öffnete den Gruppen-Chat mit meinen Freundinnen und hängte ein Foto an, das die Rückseite des Hauses, den Teich und den Pavillon zeigte. Targa war die Erste, die darauf antwortete, und sie verschwendete keine Zeit, um zum Wesentlichen zu kommen.

Targa: *Ok, das Anwesen ist ein Traum. Das wussten wir. Was ist mit deinem Cousin? Wie ist der so?*

Saxony: *Sí. Liefern, Georjie!*

Als Antwort schickte ich das Foto, das ich von Jasher gemacht hatte. Es gab eine Pause im Gespräch, während die Mädchen das Foto analysierten. Ich konnte sie vor meinem geistigen Auge sehen, wie sie konzentriert studierten, was ich ihnen geschickt hatte.

Saxony: *Ist er das? Das ist ein Witz, oder?*

Ich: *Kein Witz.*

Saxony: *Ich bin gleich da!*

Targa: *Bemitleiden muss man den Burschen nicht.*

Saxony: *Ist er ein Idiot? Er ist ein Idiot, stimmt's?*

Ich: *Er ist jedenfalls kein Sonnenschein.*

Saxony: *Wen interessiert das schon! Schaut ihn euch an!*

Targa: *Wenn du mit deinem Cousin was anfängst …*

Ich: *Wir sind nicht blutsverwandt.*

Saxony: *Was würde deine Tante sagen, wenn ihr was miteinander anfangt? Oder Liz!*

Ich: *Er hasst mich.*

Targa: *?*

Saxony: *Nicht möglich.*

Ich: *Leider doch. Er hat mich angeschrien.*

Saxony: *Er ist wahrscheinlich eingeschüchtert. Das sind fast alle Jungs. Auch die großen.*

Ich: *Nein, ich bin die Eingeschüchterte. Ich weiß nicht, wie ich diesen Sommer überstehen soll, wenn er so frostig bleibt. Ich lebe in Sibirien.*

Targa: *Lass ihm etwas Zeit. Er gehört zur Familie.*

Ich: *Bitte hört auf, mich daran zu erinnern.*

Saxony: *Das gibt der Sache doch erst den Pfiff!*

Ich: *Argh, warum muss er so hübsch sein?*

Saxony: *Manche Mädchen haben eben Glück.*

Ich: *Ich nicht.*

Schnell fügte ich hinzu: *Saxony - sag nicht, was du gleich sagst.*

Saxony: *Scheint gar nicht mehr nötig zu sein.*

Targa: *Im Ernst, du machst dir wahrscheinlich unnötig Sorgen. Gib dem armen Kerl etwas Zeit. Du bist unwiderstehlich.*

Saxony: *Halt uns auf dem Laufenden über den süßen Eiszapfen. Das verspricht interessant zu werden.*

Ich legte mein Handy beiseite. „Das wird es sicher“, murmelte ich.

Kapitel 6

Zuerst war ich überzeugt, dass die Musik eine Aufnahme war. Ich hatte gerade meinen Koffer unter das Bett geschoben und die Schubladen meiner ordentlich gefüllten Kommode geschlossen, als ein spanisch klingendes Gitarrenspiel meine Ohren erreichte. Jedes Haar auf meinen Unterarmen stand stramm. Faith war am Arbeiten, also musste Jasher für die Musik verantwortlich sein. Ich lauschte und merkte, dass sie von draußen kam. Also ging ich zum Fenster und schaute hinaus. Es war niemand im Hof, und die Säge stand einsam bei der Garage. Eine kleine Bewegung im Pavillon fiel mir ins Auge – ein nackter Fuß ragte heraus, sichtbar unter dem Dach des Pavillons.

Neugierig ging ich die Treppe hinunter und nach draußen. Auf der Terrasse blieb ich wie angewurzelt stehen. Jasher spielte Gitarre. Schließlich gab ich mir einen Ruck und folgte dem Steinweg. Sein Rücken war mir zugewandt, sein Körper bewegte sich im Rhythmus der Musik. Die Töne tanzten um mich herum, schnell und kräuselnd. Noch nie hatte ich jemanden so virtuos Gitarre spielen gehört. Mein Herz schmolz.

Er lehnte sich auf einem Hocker zurück gegen einen der Pfosten. Ich hielt inne, nicht sicher, ob ich mich ihm nähern und ihn wissen lassen sollte, dass ich zuhörte. Vielleicht wäre es besser, zu warten, bis er fertig war, und dann zu applaudieren. Plötzlich spannte er sich an und hörte auf zu spielen.

Ich hielt den Atem an. Hatte er mich gehört? Ich öffnete den Mund, um ihm zu sagen, wie wunderbar sein Spiel war, doch er kam mir zuvor: „Es heißt Asturien."

Da war etwas Seltsames in seinem Tonfall, und er sprach sehr, sehr leise. Die Gänsehaut, die ich diesmal bekam, hatte nichts mit der Freude an seiner Musik zu tun.

„Isaac Albéniz", fügte er hinzu.

Und nun begriff ich: Er sprach nicht mit mir.

„Ich bin mir nicht ganz sicher", murmelte er und rutschte auf seinem Hocker hin und her. „Irgendwann um 1880." Er kicherte nervös. „Danke, Conor. Wenn ich wüsste, wie man *cante jondo* macht, würde ich es tun, aber meine Singstimme ist grässlich."

Ich fasste mir an den Mund und machte instinktiv einen Schritt rückwärts. Das leise Geräusch ließ Jasher auffahren. Seine Augen fixierten mich.

„Es tut mir leid", stammelte ich. „Ich habe dich von meinem Zimmer aus gehört und ..."

Jasher wurde erst bleich, dann stieg ihm Röte ins Gesicht. Ohne ein Wort stürmte er an mir vorbei. Die Terrassentür schlug hinter mir zu. Ich stand da, wie gelähmt vor Verwirrung und Angst.

Später in der Nacht hatte ich das Geschehene

genug verarbeitet, um meinen Freundinnen davon zu erzählen.

Ich: *Ich glaube, mein Cousin ist verrückt.*

Saxony: *Auf eine sexy, aufregende Art?*

Targa: *Was ist passiert?*

Ich: *Ich habe ihn dabei erwischt, wie er mit einem unsichtbaren Freund gesprochen hat.*

Saxony: *Ich rede die ganze Zeit mit mir selbst. Das macht mich nicht verrückt.*

Ich: *Sprichst du dich selbst mit Conor an?*

Saxony: *Was?*

Ich: *Er sprach diese unsichtbare Person mit Conor an.*

Targa: *Oh, Junge.*

Ich: *Das klingt doch verrückt. Er ist allerdings ein genialer Gitarrenspieler.*

Saxony: *Klingt, als wäre er ein Inselbegabter. Ein Idiotengenie.*

Ich: *Er hat aber mehr als nur musikalisches Talent. Du solltest das Gewächshaus sehen, das er gebaut hat.*

Ich schickte ein Foto davon.

Saxony: *Wahnsinn! Ich liebe Männer, die mit ihren Händen umzugehen wissen.*

Targa: *Geht das Dach auf?!*

Ich: *Wahrscheinlich. Er ist so talentiert. Leider hasst er mich und er ist verrückt.*

Targa: *Frag ihn doch einfach, wer Conor ist.*

Ich: *Ja klar! Aus solchen Gründen werden Leute*

in Gärten verbuddelt.

Saxony: *Aber stell dir vor, wie kunstvoll das Grab wäre, das er dir buddeln würde ...*

Jasher und ich gingen uns in den folgenden Tagen aus dem Weg. Aber gerade dadurch hatte ich das Gefühl, ihm ständig zu nah zu sein, ihn ständig zu stören oder seine Abneigung zu spüren. Das große Haus und der weitläufige Garten fühlten sich zu klein für uns beide an, was eigentlich absurd war.

Wenigstens mit Tante Faith kam ich gut klar. Ich half ihr bei der Hausarbeit und beim Unkrautjäten. Es überraschte mich selbst, wie sehr mich diese Tätigkeit begeisterte. Ich freute mich beim Aufwachen regelrecht darauf, den lieben langen Tag gebückt in der Erde zu wühlen. So auch an diesem Freitagnachmittag, dem wärmsten Tag seit meiner Ankunft. Keine einzige Wolke trübte den blauen Himmel. Jasher, der bereits nach Hause gekommen war und am Gewächshaus arbeitete, überquerte ab und zu den Rasen, um ein Fenster oder ein Werkzeug zu holen. Ich zwang mich, nicht jedes Mal aufzuschauen, wenn er vorbeikam. Wusste Faith, dass er verrückt sein könnte?

„Nicht das, Liebes", sagte Faith, als ich gerade ein Gewächs mit der Wurzel herauszog. „Das ist Echinacea, ein wichtiges Kraut, das sich hervorragend eignet, um das Immunsystem zu stärken."

„Oh, Entschuldigung."

„Du scheinst heute ein bisschen abgelenkt zu sein, Georjie. Alles in Ordnung?"

Verdammt, sie war aufmerksam. „Ja, alles gut."

Sie zog ihre dreckigen Gartenhandschuhe aus und wischte sich das Gesicht ab. „Ich hab nachher noch einen Termin im Ort, ich sollte mich waschen. Bist du durstig? Ich habe Zitronen für Limonade gekauft."

„Ich bin wie ausgedörrt." Ich zog die Handschuhe aus und folgte Faith ins Haus. Da zwitscherte es in der Vordertasche der Schürze, die ich trug. Ich zog mein Handy hervor und entsperrte den Bildschirm.

Saxony: *Bist du wirklich verbuddelt worden? Muss ich die irische Polizei verständigen?*

Mein Mund zuckte. Saxony gab nie auf.

„Deine Mutter?", fragte Faith.

Ich schüttelte den Kopf und ließ mein Handy wieder in die Schürze fallen. „Liz ist beschäftigt. Wenn sie keine schlimmen Nachrichten bekommt, geht sie davon aus, dass alles gut ist."

Faith hielt inne. „Wann hast du angefangen, deine Mutter Liz zu nennen?", fragte sie.

„Als sie aufgehört hat, mich wie eine Tochter zu behandeln", rutschte es mir heraus. Hoppla. Ich wollte mich gerade entschuldigen, als ein Insekt direkt vor meine Nase summte. Ich erhaschte einen Blick auf gelbe und schwarze Streifen, und Panik packte mich. In irgendeiner schattigen Ecke meines

Gehirns befahl mir der Anstand, nicht zu schreien, aber ich schrie trotzdem auf, machtlos über mein Verhalten. Die Erinnerung an intensive, stechende Schmerzen überall an meinem Körper überschattete alles. Eine so lebhafte Erinnerung, als wäre sie Gegenwart …

„Bleib ruhig, Georjie." Faiths Stimme waberte irgendwo jenseits der Angst, die mich umschlossen hielt. „Sie wird dich nicht stechen, wenn du nicht nach ihr schlägst."

So viel wusste ich auch. Aber im Augenblick hatte meine Vernunft nicht die Kontrolle über mich. Ich kämpfte gegen meine Phobie an und zwang meine Arme, nicht mehr wie wild zu fuchteln. Endlich gelang es mir, die Augen zu schließen und nichts mehr zu hyperventilieren.

„Bleib einfach ruhig, beweg dich nicht."

Zwei Sekunden später flog das Insekt weg. Ich atmete noch eine Minute lang heftig ein, bevor sich meine Atmung endlich beruhigte. Ich legte eine Hand über mein schlagendes Herz. Das war der Moment, in dem der schmerzhafteste Teil meiner Phobie einsetzte, die Scham. Ich wusste, wie übertrieben meine Reaktion auf Wespen und Bienen war. Aber ich hatte mich einfach nicht im Griff. Meine Panik war instinktiv und kam von demselben Ort wie böse Träume.

Bienen und Wespen waren meine Nemesis, seit ich acht Jahre alt war. Ich war ein Dutzend Mal gestochen worden, während Targa und ich im Wald in der Nähe meines Hauses gespielt hatten. Liz tickte völlig aus und brachte mich schreiend ins Krankenhaus – womit ich meine, dass sie diejenige war, die schrie – und in mir verfestigte sich die Vorstellung, dass alles mit Streifen und Stacheln das personifizierte Böse war. Ich erfuhr später, warum Liz sich in solcher Panik befunden hatte: weil sie nicht gewusst hatte, ob ich allergisch war. Ich war es nicht, Gott sei Dank. Aber meine Psyche hatte definitiv Schaden genommen.

„Meine Güte, Georjayna“, sagte Faith und legte eine warme Hand auf meinen Arm. „Ich dachte, du machst Witze wegen der Sache mit den Bienen. Als du das letzte Mal hier warst, hattest du keine Angst vor Insekten. Was ist passiert?“

Jasher lugte hinter dem Gewächshaus hervor. Als er wieder verschwand, hörte ich gedämpftes Lachen. Oder hatte ich mir das nur eingebildet? Ich lief rot an.

„Wurde von einer Biene gestochen ... Bienen, mehrere“, sagte ich gedemütigt. Ein heller, bitterer Hass auf das winzige Wesen, das mich dazu gebracht hatte, mich so zu blamieren, stieg in mir auf.

Faith tat, was Menschen, die keine Phobien haben, eben tun – sie versuchte, meine Angst wegzurationalisieren: „Jasher und ich, wir lieben Bienen. Weißt du, dass ohne sie die Menschheit untergehen würde? Siebzig Prozent der Nahrungsvorräte der Welt werden von Bienen bestäubt."

„Ja, Tante. Ich weiß das." Letztes Jahr gab es in der Schule eine „Rettet die Bienen"-Kampagne, weil Bienen auf der ganzen Welt mysteriös verendeten. Ich hatte viel darüber gelesen. Ich wusste, dass die kleinen schwarzgelben Dämonen ihren Nutzen hatten. Das half mir aber nicht gegen meine Furcht.

„Wobei das eben war auch gar keine Biene, sondern eine Hornisse", sagte sie. Dann rief sie: „Jasher!"

Bitte nicht. Zu meinem Entsetzen kam Jasher über das Gras auf uns zugeschritten, wunderschön mit einem amüsierten Gesichtsausdruck. Oh, wie ich ihn in diesem Moment hasste.

„Ja?"

Ich wollte ihm das Grinsen aus dem Gesicht schlagen. Wahrscheinlich hätte ich es ihm sogar eintreten können. Ich hatte lange Beine.

„Möchtest du deiner Cousine die Kunst des Suchen und Zerstörens beibringen?"

Suchen und zerstören? Ich blinzelte meine naturverbundene Tante an, die gerade so gar nicht nach ihr selbst geklungen hatte.

Jasher stutzte. Dann sagte er: „Wenn ich verrückt wäre, ja."

Ich starrte ihn an.

„Jasher“, sagte Faith vorwurfsvoll.

„Wie soll ich mit ihr im Schlepptau nach einem Hornissennest suchen?“

Er tat, als wäre ich gar nicht da. Ich begann zu glühen. Aber genug war genug – so ließ ich mich nicht mehr behandeln.

„Wenn du verrückt wärst“, schaltete ich mich ein, „dann dürftest du doch kein Problem haben mich mitzunehmen, Jasher.“

Endlich sah er mich an. Er studierte die Herausforderung in meinem Blick. „Mach, was du willst“, sagte er schließlich.

Er ging an uns vorbei. Ich folgte ihm, in der stummen Hoffnung, dass ich meine Tapferkeit nicht bereuen würde. In der Küche öffnete er den Kühlschrank und holte sich ein Stück Schmorbraten heraus, dann kehrte er wieder nach draußen zurück, das Stück Rindfleisch in der Hand. Verwirrt folgte ich ihm in die Garage, wo er in den überladenen Regalen herumstöberte. Er griff nach einer langen Stange mit einem Haken am Ende. Als nächstes nahm er einen Angelkasten aus einem unteren Regal und leerte ihn auf einem ölverschmierten Tisch aus. Er öffnete den Deckel und holte etwas Angelschnur und eine kleine weiße Feder heraus. Mit dieser obskuren Ausrüstung brach er auf, und ich dackelte ihm hinterher wie ein Idiot.

Ich spürte Faiths Blick im Nacken, als wir zu den Bäumen am hinteren Ende des Grundstücks schritten. Am Waldrand blieb Jasher stehen. Er hakte das Stück Rindfleisch ans Ende der Stange und reichte sie mir dann. „Halte das", befahl er. „Und halte es still."

Ich sah zu, wie seine geschickten Hände eine Schlaufe mit dem Faden bildeten. Dann befestigte er die weiße Feder an dem winzigen Lasso, das er geschaffen hatte. Ich wünschte, er hätte erklärt, was er tat, aber ich wollte ihm nicht die Genugtuung geben, zu fragen.

Schließlich setzte er sich auf einen umgestürzten Baumstamm und ließ mich mit der Stange dort stehen. Ich hatte mich in meinem Leben noch nie so dumm gefühlt. Ich setzte mich neben ihn und wir warteten schweigend. Ich hielt die Stange mit dem Stück Rindfleisch am Ende, und er machte es sich bequem und lehnte sich gegen einen Baum, als wollte er ein Nickerchen halten.

Nach fast zehn Minuten dieses Unsinns lag es mir auf der Zunge, ihn zu fragen, was zum Teufel wir hier taten. Doch gerade, als ich den Mund aufmachen wollte, nahm ich in meinen Augenwinkeln zwei kleine farbige Dinger wahr. Ich fuhr herum, aber da waren sie bereits verschwunden.

„Hast du das gesehen?", fragte ich.

„Was?" Sein Ton klang selbstgefällig, als ob er etwas wüsste, das mir entging.

Ich knirschte mit den Zähnen. Ich wollte ihm

gerade die Meinung sagen, als er die Hand nach der Stange ausstreckte. Sein Blick war nach oben auf das Rindfleisch gerichtet.

„Übergibt es mir langsam“, sagte er.

Ich schaute auf und schluckte. Eine Hornisse schwirrte um das Rindfleisch herum. Mein Inneres erbebte. Ich schob ihm die Stange zu und er nahm sie. Dabei streiften seine Finger meine. Er kam auf die Beine. Ich tat dasselbe und trat von der Stange weg. Zu meinem Entsetzen zog Jasher die Stange näher, sodass die Hornisse ebenfalls näher schwebte. Mein Atem stockte und seine Augen blitzten mich an. Er wartete darauf, dass ich ausflippte.

Die Hornisse war nun so nah, dass mein ganzer Körper vibrierte. Furcht krallte sich in meinen Bauch. Es war reine Sturheit, die mich davon abhielt, davonzurennen, als stünden meine Haare in Flammen. Die Hornisse knabberte fröhlich an dem Rindfleisch, ihre ekligen kleinen Kiefer bohrten sich ins Fleisch. Sie schenkte uns keine Beachtung. Ihr gestreifter Bauch pulsierte, als säße dort ihr Herz.

Jasher hob das winzige Fadenlasso, schob die Schlinge über den Bauch der Hornisse und zog sie um ihre winzige Taille. Die Hornisse war so mit Fressen beschäftigt, dass sie nicht merkte, dass nun eine weiße Feder an ihrem Körper hing.

„Du bist immer noch hier“, sagte Jasher leise,

ohne den Blick von dem Insekt zu wenden.

„Vielleicht bin ich auch verrückt“, sagte ich.

Er stieß ein leises, überraschtes Lachen aus und die Hornisse schwirrte mit den Flügeln.

„Hoffen wir es“, sagte er.

Die Hornisse hob ab und trug die Feder mit sich. Jasher und ich liefen ihr nach, sprangen und stolperten durchs Unterholz, immer der weißen Feder hinterher, die scheinbar von selbst im Zickzack durch die Luft flog. Die Feder schwebte immer höher. Sonnenlicht blitzte durch das Blätterdach in meine Augen. Ich verlor die Feder immer wieder aus den Augen, doch Jasher schien zu wissen, wohin er lief, und ich folgte ihm. Unsere Schritte wurden von Moos und Erde gedämpft, nur unser Atem war zu hören. Da war die Feder! Und schon wieder schien sie verschwunden. Jasher schlug einen Haken – und nun sah auch ich sie wieder. Offensichtlich hatte er Übung.

Dann blieb er abrupt stehen. Ich konnte nicht rechtzeitig anhalten und krachte in seinen Rücken.

„Uuuuh!“, stieß ich aus.

Er rührte sich nicht vom Fleck, doch er griff reflexartig hinter sich, um mich aufzufangen, und seine Hände fanden meine Hüften. Die Berührung war plötzlich und intim und mein Herz setzte einen Schlag aus. Rasch ließ er mich wieder los.

„Entschuldigung“, keuchte ich und trat zurück. Ich war atemlos vom Laufen, doch er schien kaum schwerer zu atmen als sonst. Sein Blick war auf etwas über uns fixiert. Ich reckte den Hals. Oben im Baum befand sich ein großes graues Nest, umschwirrt von Dutzenden von Hornissen. Ich bedeckte meinen Mund, um einen Schrei zu ersticken. Jasher blickte mich an. Ich ahnte, dass ich so aussah, als würde ich mich gleich übergeben.

Die Hornissen hatten ihr Nest unter einem Ast gebaut. Es sah aus, als wäre es in der Achselhöhle des Baumes. Die weiße Feder schwirrte um das Nest herum. All die kleinen, schwirrenden Punkte … jede Hornisse mit einem Stachel bewährt … Den inneren Kampf zwischen der Phobie und meinem Stolz gewann schließlich die Phobie. Ich taumelte zurück. Ich musste hier weg – jetzt sofort.

„Wir haben es gefunden", stammelte ich. „Cool. Ich gehe dann mal."

Er zuckte die Schultern, wühlte in seiner Tasche und holte ein Feuerzeug und ein Taschenmesser hervor. „Dann geh."

Ich drehte mich um und machte mich wieder auf den Weg zurück. Es war schwer genug, nicht zu rennen. Oder ständig über meinen Nacken und durch meine Haare zu streichen, um zu schauen, ob dort Hornissen waren.

Hinter mir erklang ein dumpfes Geräusch. „Wsst, wd zrckkmmst..."

Ich drehte mich um. Jasher hatte einen Handschuh zwischen seine Zähne geklemmt und zog den anderen an. Er nahm den Handschuh aus seinem Mund. „Weißt du, wie du zurückkommst?“

„Ja“, sagte ich. Was kümmerte ihn das?

Er nickte und wandte sich wieder seiner Arbeit zu.

Ich setzte meinen Weg fort. Der Wald sah in alle Richtungen gleich aus – dunkel.

„Georjayna.“

Es war das erste Mal, dass er mich beim Namen nannte. Ich hasste, wie sehr ich es liebte, wie er klang. Er sah mir in die Augen. War das ein Mindestmaß an Respekt, das ich da entdeckte?

„Du hast dich wacker geschlagen.“

Ein warmes, flüssiges Gefühl sammelte sich in meinen Gliedern. Das Gefühl vermischte sich mit einer tiefen Verärgerung über die Freude, die mir seine Worte schenkten, bloß weil sie von ihm gekommen waren. Ich hatte mich noch nie nach der Anerkennung eines Mannes gesehnt, und schon gar nicht von einem, der anscheinend psychische Probleme hatte. Das war die Art von Verhalten, für die ich oft genug Saxony verurteilt hatte. Ich nickte, unfähig, irgendetwas Schnippisches oder Cooles zu erwidern, und wandte mich ab, bevor er sich wegdrehen konnte.

Ich lief, bis mein Herz sich beruhigt hatte, und dann verlangsamte sich mein Schritt. Mein Körper zitterte vor Adrenalin. Als ich mich in sicherer Entfernung befand, begann die zarte Anerkennung von Jasher mich mit voller Wucht zu treffen. Ich schüttelte den Kopf. Was für ein Mensch wusste, wie man eine Hornisse mit dem Lasso einfing und ihr dann zu ihrem Nest folgte? Neugierde plätscherte in mir wie eine Fontäne.

Ich freute mich darauf, mit Faith allein zu sein, um sie mit Fragen zu löchern. Aber als ich zum Haus zurückkam, war Faith bereits zu ihren Terminen verschwunden.

Kapitel 7

Am nächsten Morgen fand ich Tante Faith in der Küche. Sie trug eine Schürze und war in ein Buch vertieft, das auf dem Tresen aufgeschlagen lag. Mit der Lesebrille auf ihrer Nasenspitze erinnerte sie mich für eine Sekunde an Liz.

Sie spähte über die Ränder zu mir herüber. „Guten Morgen. Hast du gut geschlafen?“

„Ja, danke“, murmelte ich, schlurfte in meinen Pantoffeln zum Kühlschrank und füllte ein Glas mit Wasser aus der Filteranlage.

„Wie lief die Such- und Zerstörungsaktion? Ihr wart beide im Bett, als ich nach Hause kam.“ Faith öffnete den Ofen, zog ein Tablett mit heißen Scones heraus und fächelte darüber hinweg, um mehr vom duftenden Dampf einzuatmen. „Ihr seid mir vielleicht Teenager! Eigentlich müsstet ihr morgens um drei Uhr von Partys nach Hause kommen und so.“

Ich lächelte. Mit Jasher auf eine Party zu gehen war ungefähr so realistisch wie ein Wochenendausflug zum Mond. Nach unserem Abenteuer gestern waren wir uns wieder aus dem Weg gegangen und hatten unser Abendessen jeder für sich eingenommen.

„Ich war nie ein großer Fan von Partys, auf denen ich niemanden kenne“, sagte ich. „Obwohl ich nicht nein sagen würde, wenn sich die Gelegenheit bietet."

„Die Dorfjugend schmeißt jeden Sommer eine Party im alten Eithne-Haus. Du könntest Jasher fragen, ob er dich hinbringt."

„Keine Chance", murmelte ich, als sie die Ofentür mit einem Knall schloss.

Sie drehte sich zu mir um und legte ihre Topflappen beiseite. „Was meintest du, Liebes?"

„Ach nichts." Ich spähte auf die Scones. Ihr Duft ließ mir das Wasser im Mund zusammenlaufen. „Wir haben gestern jedenfalls tatsächlich das Hornissennest gefunden. Jasher ist gut in solchen Sachen."

„Ja, das ist er." Sie holte ein Sieb voller Tomaten aus der Spüle und legte sie auf ein Handtuch. „Willst du mir helfen? Jasher kommt um halb acht zum Frühstück."

„Du meinst zu seinem zweiten Frühstück", meinte ich.

Faith lachte. Jasher war jeden Morgen um halb sechs auf und arbeitete, außer sonntags. Sein Arbeitspensum hätte mich zum Weinen gebracht.

„Möchtest du die hier in zwei Hälften schneiden?" Sie schob die Tomaten über den Tresen auf mich zu und holte ein gezacktes Messer aus der Schublade. „Jasher mag sie gegrillt."

„Natürlich." Ich schnappte mir ein Schneidebrett von einem Pflock an der Wand und machte mich an die Arbeit. „Also, wo hat er solche Tricks wie die mit den Hornissen gelernt?“

„Eine Hornisse mit dem Lasso einfangen? Ob du es glaubst oder nicht, er wusste schon, wie man das macht, bevor er zu mir kam.“

„Wirklich?“ Ich war überrascht. „Wer hat ihm das beigebracht?“

„Als ich es zum ersten Mal sah, war er erst neun Jahre alt. Ich hätte es nie geglaubt, wenn ich es nicht mit meinen eigenen Augen gesehen hätte. Er sagte mir, er wüsste einfach, wie man solche Dinge anstellt.“ Faith legte ein Backblech neben mir aus. „Ich habe es ihm natürlich nicht geglaubt.“

„Hat er dir irgendwann die Wahrheit erzählt?“ Ich legte die Tomaten mit der geschnittenen Seite nach oben aufs Blech.

„Nicht direkt, nein. Ich musste es selbst herausfinden.“ Faith nahm eine Schere aus einer Schublade und ging zum Fenster. Sie schnitt mehrere Stiele von einer der Pflanzen ab und hielt sie mir an die Nase. „Riech mal.“

Ein stechender Geruch füllte meine Nasenlöcher. „Üähh.“ Meine Augen begannen zu tränen.

„Nichts geht über frischen Oregano auf Tomaten“, sagte sie mit einem Lächeln. „Nun, Jasher. Wo soll ich anfangen? Seine Mutter, Maud, starb im Kindbett, arme Frau. Ich war damals als Krankenschwester dabei. Sie ist an Blutverlust gestorben. Das Seltsame dabei ist, dass sie starb, bevor sie die Chance hatte, Jasher zu gebären. Wir hätten den kleinen Jungen verlieren müssen, aber ...“ Sie machte eine Pause und träufelte Olivenöl und Oregano über die Tomaten. Ein starker Duft erfüllte die Küche. „Wenn eine schwangere Frau stirbt, dann stirbt auch der Säugling. Manchmal kann das Baby durch einen Kaiserschnitt gerettet werden, aber es geschah so schnell und wir waren darauf konzentriert, die Blutung zu stoppen. Es war eine Frage von Augenblicken, bis sie klinisch tot war – kein Atem, kein Herzschlag. Aber unglaublich, als wir versuchten, das Baby zu retten, fuhr Mauds Körper damit fort, das Kind zu gebären.“ Sie erschauderte. „Wir wussten alle, dass wir Zeugen eines Wunders wurden. Ihr Körper fuhr eine weitere halbe Stunde lang fort zu pressen. Wir wussten nicht, was wir tun sollten, da das arme kleine Ding sich bereits im Geburtskanal befand. Es war unglaublich.“

Wir beide verstummten. Gänsehaut kroch meinen Nacken hinauf und über meine Kopfhaut. Ich stellte mir vor, den Leichnam einer schwangeren Frau zu sehen, die mit leeren Augen in den Wehen lag.

„Sie war eine gute Mutter, das kann ich dir sagen“, murmelte Faith. „Sie liebte dieses Kind noch über den Tod hinaus.“

„Aber wie ist das möglich?“

„Der Krankenhausverwalter recherchierte nach Berichten über vergleichbare Fälle. Es gab keinen. Ich schickte einen Brief an einen meiner alten

Freunde von der Universität, der buchstäblich Hunderte von Geburten miterlebt hat. Aber von so etwas hatte er noch nie gehört. Jashers Vater war nicht allzu erfreut über die Aufmerksamkeit, die der Fall erregte. Es gab unzählige Anfragen, den Leichnam seiner Frau und seinen kleinen Sohn zu untersuchen. Er sträubte sich dagegen, was ich gut verstehen kann."

„Was ist aus Jashers Vater geworden?", fragte ich, aus dem Fenster in den Hinterhof blickend. Noch keine Spur von Jasher.

„Das ist eine weitere traurige Geschichte", sagte Faith. „Zuerst schien er den Verlust seiner Frau gut zu verkraften. Er nahm Jasher mit nach Hause und versuchte, ihn allein aufzuziehen. Unglücklicherweise machte er Jasher für den Tod seiner Frau verantwortlich. Es gelang ihm nicht, Liebe für ihn zu empfinden, fürchte ich." Auch sie blickte nun aus dem Fenster, ihre grauen Augen zum Horizont gerichtet. „Sein Vater kam ein paar Mal zu mir, um mich zu bitten, mich um ihn zu kümmern. Er hatte keine Familie und nur sehr wenige Freunde zu diesem Zeitpunkt. Er sagte, der Junge sei verflucht, ein Kind des Teufels und solcher Unsinn."

Mir blieb die Luft weg. „Des Teufels?"

„Ich versuchte, Jashers Vater so gut es ging beizustehen und von seinen verrückten Vorstellungen abzubringen, aber ich hielt es für das

Beste, dass Vater und Sohn zusammenblieben. Dann, eines Sommers, als ich gerade im Garten arbeitete, hörte ich ein Auto kommen und wieder wegfahren. Jasher tauchte im Garten auf – ganz allein. Seine beiden kleinen dürren Arme waren mit blauen Flecken übersät und er hatte ein blaues Auge. Er hatte ein Bündel dabei, in dem alles drin war, was er auf der Welt besaß. Er sagte, sein Vater habe behauptet, ich würde mich von jetzt an um ihn kümmern."

Ich stellte mir die Szene vor, und mein Herz tat weh vor Mitleid. „Wie hast du reagiert?"

„Ich sagte ihm natürlich, dass ich mich um ihn kümmern würde. Ich umarmte ihn und er ließ mich ihn eine Stunde lang auf meinem Schoß auf der Veranda halten. An diesem Tag wurde ich Mutter." Auch sie hielt nun Ausschau nach ihrem Adoptivsohn. „Das arme kleine Ding war von seinem eigenen Vater geschlagen und verlassen worden und hielt sich für schuldig am Tod seiner Mutter. Wie hätte ich ihn nicht aufnehmen können?" Sie schob die Tomaten in den Ofen und setzte sich an den Tisch. „Ich hatte nicht damit gerechnet, ein Kind großzuziehen, aber manchmal hat das Leben eigene Pläne für uns."

Ich nickte und dachte daran, dass ich nicht nach Irland hatte kommen wollen, aber nun doch hier war.

Faith starrte auf ihre Hände herab. Eine Linie hatte

sich zwischen ihren Brauen gebildet. „Das ist nur die halbe Wahrheit. Zurück zu Jashers erstaunlichen Methoden, um Hornissen ein Lasso umzuwerfen: Als ich ihn immer wieder fragte, wo er das gelernt hatte, sagte er schließlich, dass ein alter Chinese es ihm gezeigt habe. Er wollte nicht verraten, wer der Mann war und wo er ihn getroffen hatte. Ich konnte mir keinen Reim darauf machen. Es gibt keinen Chinesen in unserem kleinen Ana, den Jasher hätte treffen können. Schließlich kam ich dahinter. Ich bin mir nicht sicher, ob es ohne Sarasborne passiert wäre. Dieses Haus wurde im Laufe der Jahre renoviert und erweitert, aber er hat immer noch das gleiche Fundament und der größte Teil des ursprünglichen Gebäudes ist intakt. Das Haus hat auch seine Tragödien erlebt."

„Tragödien?"

Faith goss sich ein Glas Wasser ein und nahm einen Schluck. „Mein Großvater Syracuse pflegte deiner Mama und mir Geschichten zu erzählen. Eine davon handelte von einem jungen Mann, der während der Bauarbeiten an diesem Ort gestorben war. Sarasborne war fast fertig und die Arbeiter deckten das Dach. Einer der Männer, Conor, rutschte aus und fiel. Er war angeseilt, aber damals gab es noch kein Nylon und das Seil riss."

Conor. Ich fühlte, wie mein Herz stillstand. „An diesem Ort lebt ein Geist?"

Faith nickte und ging weiter. „Weder deine Mutter

noch ich haben je etwas Seltsames wahrgenommen, und glaube mir, wir haben danach gesucht. Als Kinder waren wir wie besessen davon. Wir hatten uns halb überzeugt, dass Gegenstände von Raum zu Raum bewegt worden waren oder dass sich Türen von selbst öffneten. Aber wenn ich wirklich ehrlich bin, weiß ich, dass wir nie einen echten Beweis gesehen haben. Aber ungefähr ein Jahr nach dem ersten Mal, als ich Jasher beobachtete, wie er einer Hornisse eine Feder umband – hörte ich ihn sprechen. Ich dachte zuerst, Jasher hätte im Schlaf gesprochen. Aber es wurde schnell klar, dass ein Gespräch im Gange war. Ich spähte in sein Zimmer, das vom Mond erhellt wurde. Jasher saß aufrecht im Bett, aber mit wem er da sprach, konnte ich nicht sehen."

Ich fröstelte trotz der Wärme des Ofens und des Sonnenscheins. Es war genau wie das Gespräch, das ich miterlebt hatte, als Jasher Gitarre gespielt hatte. Wie Faith sich an diesem Abend gefühlt haben musste, konnte ich mir nur vorstellen.

„Ich hatte Angst", gab sie zu. „Ich entnahm dem, was Jasher sagte, dass ihm jemand erklärte, wie Sarasborne gebaut worden war. Jemand, den Jasher Conor nannte."

Ich schüttelte den Kopf. „Du hast ihm nie von Conor erzählt?"

„Nein, niemals. Er war zu jung, um solche Geschichten zu hören. Da wusste ich also, dass der

Junge, den ich adoptiert hatte … nun, dass er mit den Toten sprechen kann.“ Sie lächelte eigentümlich, so als wüsste sie, dass sie verrückt klang. Ich war erschüttert.

Sie holte tief Luft. „Schließlich fragte ich Jasher, ob der alte Chinese, der ihm beigebracht hatte, wie man Hornissen mit dem Lasso einfängt, ein Geist gewesen sei, und er gab es schuldbewusst zu. Ich versicherte ihm, dass er sich niemals schämen müsse für das, was er kann. Er war erleichtert, dass er es nicht mehr vor mir verbergen musste.“

Schweigend nahm ich das alles auf. Es handelte sich hier nicht um die erste Geistergeschichte, die ich hörte. Aber bisher hatte ich immer gewusst, dass es nur Geschichten waren, erzählt am Lagerfeuer oder mit einer Taschenlampe unter der Bettdecke. Das hier war anders, es war wirklich passiert, in diesem Haus, in meiner Familie.

Faith verschränkte die Arme vor der Brust, als sei auch ihr ein wenig kalt. „Es gibt Leute, die sagen, dass Ana County auf einer Ley-Linie liegt, und deshalb passieren hier öfter übernatürliche Dinge als an anderen Orten.“

„Eine Ley-Linie?“ Ich hatte den Begriff noch nie zuvor gehört.

„Eine mit unseren gewöhnlichen Sinnen nicht wahrnehmbare Matrix von Energielinien, die die Erde umspannen. Manche sagen, sie verbinden Orte von übernatürlicher Bedeutung wie die Pyramiden und Stonehenge, um nur zwei offensichtliche zu nennen. Andere sagen, dass die Linien schon da waren, bevor solche Dinge gebaut wurden, und weil die Linien so reich an elektromagnetischer Kraft sind, ziehen sie übernatürliche Aktivitäten an."

„Tantchen…!" Ich sah sie tadelnd an und sie lachte.

„Ich weiß, ich weiß. Für jemanden, der nicht regelmäßig mit Energie arbeitet, klingt das verrückt. Aber ich kann dir versichern, dass es nur denjenigen verrückt erscheint, deren Weltanschauung in der greifbaren Welt verwurzelt ist. Niemand kann leugnen, dass es Energie in der Erde gibt - wie sonst sollten Pflanzen wachsen oder Vulkane explodieren?" Sie öffnete den Ofen und der Duft der gebratenen Tomaten erfüllte die Küche.

Ich beobachtete sie skeptisch. Das Gerede von Energien klang in meinen Ohren ein wenig zu diffus, um Pflanzenwachstum und Vulkane besser zu erklären als die Naturwissenschaften. Aber was ich über Jasher erfahren und selbst gesehen hatte, ließ sich nicht so leicht wegrationalisieren. „Glaubst du, dass Jasher die ganze Zeit Geister sieht?"

„Ich weiß es nicht", sagte sie. „Ich glaube, früher schon, als er noch zur Schule ging und verschiedene Orte besuchte. Ich konnte mir nicht erklären, warum er die ganze Zeit so verschreckt war. Aber nachdem ich ihn eine Weile zu Hause unterrichtet hatte, wurde er ein ganz anderer Junge. Der

Hausunterricht war seine Idee. Ich war anfangs dagegen, ihn dauerhaft zu Hause zu behalten; ich wollte nur, dass er es ein Jahr lang macht, damit er wieder gesund wird. Ich wollte, dass er Freunde in seinem Alter findet. Aber als die Zeit kam, ihn wieder in der Schule anzumelden, flehte er mich an, ihn nicht dazu zu zwingen, zurückzugehen. Er war so verzweifelt, dass ich Nachhilfelehrer einstellte, und er überraschte uns beide mit seinem frühen Schulabschluss. Er hatte immer schreckliche Noten in der öffentlichen Schule. Aber ohne all die ... Ablenkungen ... Nicht lange nach seinem Abschluss hat er mit dem Landschaftsbau angefangen, und es scheint, dass er damit im Moment ganz gut zurechtkommt. Er erwähnt die Toten nicht mehr."

Eine Bewegung hinter dem Fenster fiel mir ins Auge. Jasher schritt über den Rasen auf das Haus zu. Er sah für mich ganz anders aus, jetzt, da ich mehr über ihn wusste. Er ging mit einem Selbstvertrauen, das man selten bei Menschen sieht, die in jungen Jahren so viel gelitten hatten. In meiner Highschool gab es Kinder aus schwierigen Verhältnissen, und sie waren nicht schwer zu erkennen. Es waren die ängstlichen Augen und die Haltung, die sagten: „Schau mich nicht an." Jasher strahlte das Gegenteil aus.

„Glaubst du", fragte ich, als wir ihn näherkommen sahen, „dass die Umstände seiner Geburt etwas mit seiner Fähigkeit zu tun haben, mit den Toten zu sprechen?“

Faith winkte Jasher durch das Glas zu. Er schenkte uns ein herzergreifendes Lächeln. Ich wünschte, es gälte mir, aber ich wusste, dass es für Faith war. Ich verstand jetzt ihre Verbindung.

Faith sagte: „Das habe ich mich selbst unzählige Male gefragt. Er kam dem Tod nicht nur zu nahe, er war *in* ihm. Ein solcher Anfang hinterlässt bestimmt seine Spuren.“

Die Tür öffnete sich und Jasher trat ein.

Kapitel 8

Wir frühstückten in der Gartenlaube, während die Vögel zwitscherten und Schmetterlinge durch den Garten flatterten. Niemand sprach. Jeder von uns schien in seinen eigenen Gedanken verloren zu sein. Kaum hatte Jasher seinen letzten Bissen geschluckt, küsste er Faith auf die Wange und ging los, um Besorgungen zu erledigen. Mir nickte er zum Abschied kurz zu, was ich als Fortschritt verbuchte. Als Jasher gegangen war, entspannte sich die Atmosphäre.

„Was verändert Jasher am Gewächshaus noch?“, fragte ich Faith, als wir zusammen den Abwasch machten. „Ich habe gesehen, dass da ein Fenster ist, das repariert werden muss, aber er hat viel mehr Fenster, als er für diese Arbeit braucht.“

„Er baut es aus“, erklärte sie. „Ich bin mir nicht sicher, woher er seine Ideen nimmt, aber wenn er einmal einen Plan im Kopf hat, kann ihn nichts mehr aufhalten. Einer der Gründe, warum ich so froh bin, dass du für den Sommer gekommen bist, ist der, dass ich mir für Jasher wünsche, dass er Zeit mit jemandem in seinem Alter verbringt. Ich will ihn nicht zwingen, in die Welt hinauszugehen, aber ich will auch nicht, dass er für immer isoliert bleibt.“ Sie drückte meinen Arm. „Danke, dass du gekommen bist, Georjayna.“

„Danke, dass ich hier sein darf“, gab ich zurück.

Ich hatte den Eindruck gehabt, dass Tante Faith mich aufgenommen hatte, um Liz einen Gefallen zu tun, aber anscheinend sah Faith das anders.

„Hast du das Gewächshaus schon von innen gesehen?“, fragte Faith.

„Nur von außen.“ Es lag mir auf der Zunge, Faith von Jashers harschen Worten zu erzählen, aber ich hatte nicht den Mut, den Vorfall anzusprechen. Faith fuhr in einer Woche nach Aberdeen, und bis jetzt verstanden Jasher und ich uns so gut wie zwei verwundete Dachse, die in einem Rohr stecken. Aber ich wollte nicht petzen. Ich konnte Gejammer nicht ertragen, vor allem nicht mein eigenes. Nein, wenn Jasher ein Problem mit mir hatte, musste ich mich selbst darum kümmern.

Faith bedeutete mir, ihr zu folgen. Wir verließen die Küche und gingen den langen dunklen Flur hinunter, der durch die Mitte des Hauses führte. Die Stube war ein L-förmiges Wohnzimmer, ausgestattet mit einem Kamin, Kissen überfüllten Stühlen und rissigen Bildern von hügeligen grünen Landschaften.

Der Raum war dunkel, also griff ich nach dem Lichtschalter.

„Auf dieser Seite des Hauses gibt es keinen Strom“, sagte Faith.

Ich ließ meine Hand fallen. Faith schob die handgemachten Glastüren sanft auf. Duftende, feuchte Luft strömte herein. Ich folgte ihr in den

Miniaturdschungel. Ein langer schmaler Gang, der Hals des Schlüssels, öffnete sich in den runden Raum unter der Kuppel. Ich hatte in meinem bisherigen Leben kaum Zeit in Gewächshäusern verbracht, aber selbst ich wusste, dass dies kein gewöhnliches Gewächshaus war. Hier hatten nicht Menschen das Sagen, sondern die Pflanzen. Kleine handgemachte Schilder steckten überall in der Erde wie überforderte Wärter, während alles kreuz und quer durcheinander wucherte.

Viele der Pflanzen wuchsen direkt aus dem Boden. Andere blühten in Terrakotta-Töpfen und Erdbeerpflanzgefäßen. Einige wenige Sträucher gediehen in Hochbeeten, die von niedrigen Holzwänden gehalten wurden. Eiserne Stangen unterstützten die Reben.

„Hat Jasher die gemacht?“, fragte ich und deutete auf die Eisenstangen.

„Ja, sie sind wunderschön, nicht wahr?“

Ich nickte und bewunderte die geschwungenen, irgendwie weiblich anmutenden Formen. Gab es irgendetwas, was dieser Junge nicht konnte?

Faith deute auf einige Heilpflanzen, denn die waren der Grund, warum sie überhaupt ein Gewächshaus hatte haben wollen. Es gab einen kleinen Arbeitstisch und ein Regal, das mit bernsteinfarbenen Glasflaschen vollgestopft war, jede einzelne mit feinem Schwung handbeschriftet. Sie erklärte, dass Jasher das Gewächshaus um eine größere Werkstatt erweitern würde. Faith belieferte ein paar Boutiquen mit ätherischen Ölen. Eine kleine Destilliermaschine war auf einem niedrigen langen Tisch neben ihren Schränken aufgebaut.

Das Geräusch von Flügeln ließ mich aufblicken. „Ein Vogel!“, rief ich und deutete auf einen Spatzen, der von einem Ast zum anderen hüpfte und uns beobachtete. „Wie können wir ihm helfen, nach draußen zu kommen?“

„Siehst du die Nähte in der Kuppel, die kreuzförmig durch das Zentrum laufen?“, fragte sie gutmütig.

„Ja.“ Ich konnte sie sehen, und ein Flaschenzugsystem, das an einer Spule und einem Griff befestigt war, die sich auf Hüfthöhe befanden und im Laub verborgen waren. Targa hatte also doch recht gehabt. „Die Kuppel öffnet sich?“

„Ja, schau zu.“ Faith schob die Blätter zur Seite und begann, den Griff zu kurbeln. Die Decke der Kuppel öffnete sich wie eine Blume hin zur Sonne. Die gläsernen Blütenblätter kamen zur Ruhe und der Spatz flog nach draußen.

Ich war aufrichtig beeindruckt. Ich wusste nichts über Architektur oder mechanische Dinge. Jasher erschien mir immer mehr wie ein Magier. Es brach mir das Herz, dass er so ein Griesgram war.

„Ich schätze, im Sommer gibt es keinen Grund, die Kuppel je zu schließen“, meinte ich.

„Ganz genau. Es kann zu heiß werden, also lassen

wir sie die meiste Zeit offen. Regenwasser ist Muttermilch für die Pflanzen, und wenn man das Dach offenhält, können auch Bestäuber wie Bienen hineinkommen. Keine Sorge, die bleiben nicht“, sagte sie schnell, als sie den Ausdruck auf meinem Gesicht sah. „Sie kommen einfach und verrichten ihre Arbeit und gehen dann nach Hause.“ Sie begann, die Kuppel wieder zu schließen, indem sie die Kurbel drehte.

„Willst du sie nicht offenlassen?“ Ich sah, wie sich die große Glasblume zu einer Knospe schloss.

„Nicht heute Nacht“, sagte sie. „Laut Wetterbericht soll es ein Gewitter geben. Ich will nicht in einem Sumpf aufwachen.“

Ich folgte Faith hinaus, obwohl ich am liebsten geblieben wäre. Ich konnte nicht genau sagen, was es war, aber dieser Ort übte eine geradezu magische Anziehungskraft auf mich aus.

Kapitel 9

In den nächsten Tagen plagten mich immer wieder seltsame Träume.

Ich schwebte in der Luft. Meine Beine bewegten sich wie beim Gehen, aber meine Fußsohlen hatten keinen Kontakt zur Erde. Ein ätherischer Nebel umhüllte mich, schmiegte sich um meine Zehen. Der weiche Baumwollstoff meines Pyjamas rieb zart gegen meine Beine, und Ranken strichen mir das Haar aus dem Gesicht wie liebkosende Finger. Ich hatte das starke Gefühl, dass da etwas war, das dringend meine Aufmerksamkeit erforderte, das mich brauchte. Mich. Georjayna Sutherland. Nur ich war in der Lage, zu helfen.

Ein Bücherschrank mit Glastüren erschien in der Dunkelheit und ich schwebte mit schwerelosen Schritten darauf zu. Ich zog die Türen weit auf. Der Geruch von altem Leder strömte mir entgegen. Ich strich über die ungewöhnlich hohen ledergebundenen Bücher. Keines von ihnen war geprägt oder mit einem Titel bedruckt.

Dasselbe Gefühl, das mir sagte, dass ich gebraucht wurde, sagte mir auch, welches Buch ich wählen sollte. Ich griff mit meinen Fingern nach der Spitze eines ausgefranst aussehenden Buchrückens, zog es heraus und öffnete es. Der Rücken des Buches knackte. Auf der übergroßen Seite befand sich ein mit farbiger Tinte gemaltes Bild, so schön und lebendig wie ein Buntglasfenster. Es war ein Porträt von einer fröhlich wirkenden Frau, umrahmt von einer kunstvollen Bordüre aus Farben und Blattgold. Dunkle Haare fielen ihr wie Schlangen über die Ohren und Schultern. Weiche, feine Flügel wuchsen aus ihrem Rücken. Die zarten Finger ihrer rechten Hand waren ausgestreckt, als griffen sie aus dem Papier. Ein Name erklang in meinem Kopf wie das Läuten einer sehr weit entfernten Glocke. Ein Wind strich um mich. Und der Wind trug eine Stimme. *Sag ihren Namen!*

„Eda“, flüsterte ich. Gras kitzelte meine Zehen, die immer noch über dem Boden schwebten, und ich wunderte mich nicht im Geringsten, dass dieses Bücherregal draußen stand. Ich blätterte die Seite um und sah das Porträt einer männlichen Fee, mit abgeschnittenen Flügeln und kräftig aussehenden Beinen. Ich wusste auch seinen Namen. Er erschien in meinem Kopf wie ein Licht, zusammen mit einem Befehl: *Sag seinen Namen!*

„Poe“, sprach ich aus, diesmal lauter. Der Wind strich warm über meine Haut, und ich fühlte mehr Gras unter meinen Fußsohlen, weil ich tiefer sank. Ich blätterte weiter. Noch ein Porträt, noch ein Name. Ich sprach auch diesen aus, und den nächsten. Jedes Mal sank ich ein wenig tiefer auf die Erde.

„Tera. Hana. Jal. Mehda.“

Ich blätterte die Seiten schneller um und fühlte

mich gezwungen, jeden Namen laut zu sagen. Der Wind wurde stärker und peitschte mir die Haare um die Schultern. Er klang wie ein langgezogenes Seufzen, wie ein Ausatmen, warm und feucht.

„Oka. Iri. Bolé. Wynn."

Der Wind füllte meine Lungen mit erdigen, moosigen Düften, gab mir Energie. Ich stand nun mit meinem ganzen Gewicht auf dem Boden.

Das reichte. Meine Arbeit war getan, zumindest für den Augenblick.

Ich stellte das Buch zurück und schloss die Glastüren mit einem Klick, und Nebel wirbelte um mich herum und mein Traum endete.

Kapitel 10

Donnergrollen weckte mich. Ich hob den Kopf, um einen Blick auf die altmodische Uhr auf meinem Nachttisch zu werfen, aber es war so dunkel, dass ich das Ziffernblatt nicht lesen konnte. Doch plötzlich erhellte ein Blitz mein Zimmer und ich sah, dass es 5:45 Uhr war. Dunkelheit umhüllte mich wieder, tiefer als zuvor.

Ich wusste, dass ich etwas Seltsames geträumt hatte, etwas über meine Fußsohlen und den Geruch von Erde und Regen, aber ich konnte die einzelnen Erinnerungen nicht mehr zusammensetzen. Nur das Gefühl, dass etwas Wundersames geschehen war, erfüllte mich noch. Draußen begann nun wirklich Regen zu fallen. Ich lauschte dem Prasseln auf dem Dach und dem Gluckern in der Regenrinne. Schon immer hatte ich Stürme geliebt. Wenn schwere Regentropfen gegen die Scheiben klopften und wie Tränen herabliefen, so als stünde die Welt bald unter Wasser, lebte ich auf. Ich liebte das Grollen des Donners und die Blitze, die den Himmel und die Wolken durchzogen.

Ich stand auf und trat ans Fenster, um für einen Moment den verschwommenen Ausblick ins düstere Morgengrauen zu genießen. Dann warf ich mir den Bademantel über und ging hinunter. Das Haus war ruhig. Ich nahm an, dass Jasher und Faith noch schliefen. Die Küche wurde von einem Blitz erleuchtet, gerade als ich eintrat, und ich sah den Garten in grelles Weiß getaucht – die tropfenden Glyzinien auf der Terrasse, die Stühle, den Pavillon. Ich dachte, das Gewächshaus wäre ein guter Ort, um den Sturm zu genießen. Also ging ich hin.

Die Schiebetür des Gewächshauses stand offen und war von einem kleinen Licht erfüllt. Ich spähte hinein. Jasher saß im Schneidersitz auf einer Matte direkt unter der Kuppel und beugte sich über etwas in seinem Schoß. Eine langhalsige Lampe stand neben ihm auf dem Boden. Ich wollte erst wieder davonschleichen, beschloss dann aber doch einen zaghaften Annäherungsversuch zu wagen.

„Guten Morgen. Ich schätze, du hattest dieselbe Idee wie ich. Magst du Stürme?“ Ich näherte mich langsam und war mir der watschelnden Geräusche meiner Pantoffeln auf den Bodenmatten peinlich bewusst. Wie immer machte seine Gegenwart mich extrem nervös.

Er klappte ein Buch zu – das war es also, was er auf dem Schoß hielt – und schaute zu mir auf. „Ja, ich mag Stürme.“ Seine Augen wurden schmal, als er meinen Bademantel musterte. „Bitte sag mir, dass du dein Handy nicht hierhergebracht hast.“

„Zufällig nicht“ antwortete ich kühl. „Auch wenn ich nicht verstehe, was du dagegen hast.“

Für einen flüchtigen Moment wirkte er schüchtern, aber dann siegte wieder seine Feindseligkeit und er stützte das Buch gegen seine

Brust, als wollte er den Titel vor mir verstecken. Er tat nichts, um die unbehagliche Stille zu vertreiben. Ich hasste diese Art von Schweigen, aber ich wollte nicht wieder diejenige sein, die sich um Normalität bemühte, also wartete ich. Er wartete ebenfalls. Offensichtlich hatte er nicht die Absicht, mir auch nur ein Mindestmaß an Höflichkeit zu erweisen. Ich bekämpfte den Drang, die Augen zu verdrehen. Er verhielt sich wirklich wie ein Zwölfjähriger.

Ich wollte mich gerade abwenden, als er plötzlich sagte: „Hast du gut geschlafen?“

„Wie eine Tote“, murmelte ich. Der Traum fiel mir wieder ein, oder besser gesagt, das merkwürdige Gefühl von Verzauberung, das mir von ihm geblieben war. „Du?“

Er zuckte die Achseln.

Die Stille wurde länger, aber sie war jetzt weniger unangenehm. Irgendwann fragte er: „Hat Faith dir schon die Schmetterlingskokons gezeigt?“

Ich bekam große Augen. „Nein. Hier gibt es Schmetterlinge?“

„Gibt es“, sagte er mit mehr Begeisterung, als ich ihm je zugetraut hätte. „Sie sind hier drüben.“

Jasher stand auf, das Buch unter den Arm geklemmt. Er teilte einen Vorhang aus Ranken und enthüllte mehrere Kokons, die an den Unterseiten der Blätter hingen. Kein Wunder, dass ich sie vorher nicht bemerkt hatte. Sie waren bestens getarnt.

„Hier.“ Er zeigte auf mehrere Kokons, die denselben Stiel säumten. Es waren fast ein Dutzend. „Das hier sind Monarchen, und diese kleinen Kerle werden Skipper genannt.“ Er deutete auf ein paar kleinere graue. Dann zeigte er mir die anderen, wobei er behutsam die Blätter hochhielt: „Ein Roter Admiral, ein Pfau, ein Schildkrötenpanzer, ein Marmorierter Weißer, ein Wiesenbrauner und zwei Torwächter. Die meisten von ihnen entstammen der Familie der Nymphalidae. Diese hier sind Holly Blues, sie werden später Immergrün leuchten. Sie stammen aus der Familie der Lycaenidae. Nun ja, lauter lateinische Namen, ich will dich nicht langweilen.“

„Das ist alles andere als langweilig.“ Ich hatte noch nie so viele Fremdwörter in einer Reihe gehört, aber ich wollte ihn nicht entmutigen, indem ich einen Witz darüber machte. „Wie hast du sie hierher gebracht?“

„Das ist nicht schwierig“, sagte er. „Ich finde sie im Garten, wenn sie kurz davor sind, einen Kokon zu spinnen, und ich bringe sie hierher und platziere sie dort, wo ich weiß, dass es ihnen gefallen wird.“ Er sah die Kokons voller Zuneigung an. „Manchmal wandern sie ein wenig, aber meistens verpuppen sie sich genau hier.“

Ich zeigte auf einen hellvioletten Kokon, der wie ein Wassertropfen geformt und genauso klein war. Er glänzte perlmuttartig. „Was ist das für einer? Er ist wunderschön."

Jasher antwortete nicht. Stattdessen starrte er mich an, seine Augen wie kalte Flammen in der Dunkelheit.

„Du … siehst ihn?"

„Ja, natürlich. Ich meine den Violetten, genau hier. Warum sollte ich ihn nicht sehen?"

Jasher wurde blass.

„Geht es dir gut?" Ich legte eine Hand auf seine Schulter. Es war das erste Mal seit unserem Händedruck, dass ich ihn berührte.

„Hast du schon mal einen Kokon wie diesen gesehen?", fragte er.

„Nein. Warum, ist er selten?"

„Noch nie? Niemals?" Er strich mit der Hand durch die Luft, um zu betonen, was er sagte. Es schien ihm wirklich wichtig zu sein.

„Nie." Ich war mir sicher. „Was ist das denn jetzt für ein Kokon?"

Er schaute mir direkt in die Augen und sagte ohne jede Spur von Belustigung:

„Das ist ein Feenkokon."

Kapitel 11

Der Regen schien so laut wie Donner gegen das Glas zu schlagen. Jashers dunkler Blick bohrte sich in meinen und ich konnte nicht wegsehen. Machte er sich über mich lustig? Ich kannte ihn nicht gut genug, um das einzuschätzen.

Er sah allerdings todernst aus. Ich presste meine Lippen zusammen. Mehrere Herzschläge vergingen, doch keiner von uns sprach.

Ich öffnete meine Lippen mit einem kleinen Geräusch. „Wie bitte?“

Eine unbestimmte Wut brodelte in mir. Ich vermutete, dass er versuchte, mich für dumm zu verkaufen. Es wäre nicht das erste Mal.

„Was du siehst – und glaub mir, ich bin davon überraschter als du –, ist eine neue Fee. So werden sie geboren“, sagte er ruhig.

Ich hatte das seltsame Gefühl, dass ich beleidigt sein sollte. In diesem Moment mochte ich ihn sogar noch weniger als damals, als er mich angeschnauzt hatte.

„Natürlich.“ Ich stand auf und wandte mich ab. Geister? Feen? Nein, danke.

Seine Hand fing meine und hielt sie fest. Die Wärme und Kraft in ihnen erschreckte mich, aber nicht so sehr wie der Ton seiner Stimme, als er sagte: „Ich lüge dich nicht an, Georjie. Bitte geh nicht weg.“

Ich hielt inne und suchte in seinem Gesicht nach Unehrlichkeit. Ich fand keine, aber ich glaubte ihm trotzdem nicht.

„Ich habe noch nie jemanden getroffen, der sie sehen kann“, fuhr er mit sanfter Stimme fort. „Nicht einmal Faith. Sie weiß zwar, dass ich sie sehen kann und glaubt mir, aber sie selbst kann sie nicht sehen.“ Er zögerte. „Du wirst mir glauben, wenn du sie schlüpfen siehst.“

„Wenn du dich über mich lustig machst ...“ Ich war nicht sonderlich geübt darin, bedrohlich zu klingen, aber ich gab mein Bestes.

„Das tue ich nicht“, versicherte Jasher. „Das würde ich nie.“

Die Energie zwischen uns hatte sich vollkommen verändert. Es fühlte sich an, als hätte Jasher mich zuvor toleriert, aber jetzt fühlte es sich an, als bräuchte er eine Verbündete, und diese Verbündete war ich. Der Wandel in seiner Miene war so abrupt, dass er mir wie ausgewechselt vorkam. Ich wusste nicht, was ich tun sollte. Ich glaubte ihm nicht, aber ich wollte ihn auch nicht vor den Kopf stoßen. Nicht wenn er sich mir endlich ein wenig öffnete.

Zögernd hockte ich mich hin und untersuchte den Kokon. Ich schob die Blätter beiseite, bis das wenige Licht ihn beleuchtete. Der Kokon sah irgendwie seltsam aus. Er schien aus einer Million Schattierungen von wirbelndem Perlmutt und Violett zu bestehen.

Jasher kniete sich neben mich. „Bist du sicher, dass du so etwas noch nie zuvor gesehen hast?“

„Jasher, das hast du mich schon viertausendmal gefragt. Nein, ich schwöre dir, dass ich das noch nie gesehen habe.“

„Aber warum jetzt?“, murmelte er, mehr an sich selbst gerichtet.

„War da eine ... eine Raupe?“ Ich kam mir blöd vor, so etwas zu fragen. „Ein Feenwurm?“ Ich hätte fast gekichert bei dem Gedanken.

„Nein, das ist ja das Erstaunliche!“ Jasher klang voller Leidenschaft. Seine Augen leuchteten und er blickte mit echter Zuneigung auf den Kokon. „Ein Feenkokon ist das Ergebnis von fleckigem Sonnenlicht und reinem Regenwasser. Früher habe ich sie öfter gefunden, aber jetzt bilden sich immer weniger. Sie scheinen nur unter den richtigen Bedingungen zu entstehen. Nach einem Regenschauer, wenn die Regentropfen langsamer fallen und die Sonne herauskommt. Ich weiß nicht genau, was passiert, wissenschaftlich gesprochen, aber siehst du, wie der Kokon wie ein Wassertropfen aussieht, der gerade dabei ist zu fallen?“

„Mmhmm.“ Ich bemerkte eine Veränderung in mir. Ich *wollte* ihm glauben.

„Genau in dem Moment, bevor der Tropfen sich vom Blatt löst, wird der Tropfen von einem Sonnenstrahl durchdrungen. Das passiert nicht in gleichmäßig strömendem Licht, sondern nur, wenn sich entweder Wolken bewegen oder der Wind Blätter bewegt. Ich vermute, die Sonnenstrahlen werden dadurch stärker. Intensiver."

Er klang jetzt wie ein verrückter Wissenschaftler im Theorie-Modus. „Ich weiß nicht, ob die Temperatur des Lichts oder die Länge des Strahls richtig sein muss oder was auch immer, aber wenn das Licht auf den Tropfen trifft, streut dieser ihn in alle Richtungen und erstarrt selbst dabei. Ich habe das Glück gehabt, das jetzt schon ein paar Mal zu beobachten. Mit der Zeit fangen die Kokos an, wie dieser hier auszusehen. Sie färben sich, wenn sie reifen."

„Und dann schlüpfen sie ..."

„Genau, wie Schmetterlinge."

„Und was herauskommt, ist eine ... Fee?" Die Rädchen in meinem Gehirn hörten auf sich zu drehen. Glaubte ich ihm tatsächlich? Ich starrte auf den zarten Kokon und kaute auf meiner Lippe. Nichts an dem Kokon sah künstlich aus. Dann begriff ich, dass er Kokon durchsichtig war. Ich konnte das Blatt hinter ihm sehen. Ich öffnete erstaunt den Mund und als ich meine Hand hinter den Kokon hielt und ihren Schatten hindurchschimmern sah, legte ich meine Zweifel ab. Ich glaubte Jasher.

Ich glaubte an Feen.

„Erstaunlich, nicht wahr?", flüsterte er.

„Wie sieht eine Fee aus?“ Ich fühlte mich, als hätte jemand eine farbige Brille von meinem Gesicht entfernt, von der ich nicht gewusst hatte, dass ich sie überhaupt trug, und als würde mir nun klar werden, dass Gras eigentlich blau und nicht grün war.

Jasher lächelte. Der Ausdruck erwärmte mich bis ins Mark. „Du wirst es bald erleben. Wenn du den Kokon sehen kannst, wirst du auch den Geist sehen können, der aus ihm herauskommt.“

„Geist?“

„Ja, sie sehen geisterhaft aus. Transparent, verstehst du?“

Ich sah ihn an. Er wusste natürlich, wie Geister aussahen. „Und was tun die Feen?“

Er zuckte die Achseln. „Meistens verschwinden sie in den Pflanzen und in der Erde. Sie lassen Dinge wachsen. Sie werden Teil der Energie, die die Kräfte der Natur antreibt. Sie bleiben nicht hier. Wenn sie einmal schlüpfen, sehe ich sie fast nie wieder, nur ein Blitz hier und da.“

„Also ist die Welt um uns herum voll mit Feen?

„Klingt komisch, ich weiß. Aber alles ist Energie, oder? Die alten Kelten glaubten an Animismus.“

Ich kannte dieses Wort aus meinem Religionsunterricht. „Alles hat einen lebendigen Geist. Bäume, das Land, Felsen“, murmelte ich.

„Richtig. Ich habe gesehen, wie sie nicht nur in Pflanzen verschwinden, sondern auch in der Erde und in Steinen. Wir denken bei Steinen an etwas Lebloses, aber wenn man einen Geist in einen hineingehen sieht, nun, es ist schwer, ihn nicht als lebendig zu betrachten."

Er beugte sich begeistert zu mir herab und mir wurde plötzlich bewusst, wie nah unsere Gesichter einander waren. Als er sprach, bewegten sich ein paar Strähnen meines Haares in seinem Atem. Diese einfache Verbindung brachte mich zum Zittern.

„Kannst du ...", begann er, hörte aber auf. „Kannst du ..." Er hörte wieder auf.

Ich wartete. Er sah unbeholfener aus, als ich ihn je erlebt hatte. Dies war ein völlig neuer Jasher für mich und seine Schüchternheit war ein wenig irritierend. Plötzlich wusste ich, was er zu fragen versuchte. „Ob ich Gespenster sehe?"

Er nickte, aber ich schüttelte den Kopf. „Nein, das habe ich nie."

Etwas in seiner Miene sank ein. „Woher wusstest du dann, was ich fragen wollte?" Sein Verstand arbeitete. „Faith hat es dir gesagt."

„Bist du verrückt?"

Er neigte den Kopf. „Vielleicht." Er schaute zurück in den Kokon und ich folgte seinem Blick. Der violette Tropfen schimmerte, als sich der Himmel über dem Gewächshaus aufhellte und der strömende Regen etwas nachließ.

„Also bist du nicht wütend?", fragte er. „Es macht dir keine Angst?"

„Mir Angst machen?“ Ich hob die Augenbrauen. „Ich bin nicht diejenige, die mit den Toten reden kann. Das bist du. Warum sollte ich Angst haben?“

„Ich weiß es nicht.“ Er zuckte mit den Achseln und sah unbehaglich aus. „Mein Vater war nicht so scharf darauf, mich in seiner Nähe zu haben.“

Da begriff ich. Sein eigener Vater hatte ihn abgelehnt und ihn ein Kind des Teufels genannt. Er war geschlagen und misshandelt und verlassen worden, alles wegen Dingen, die sich seiner Kontrolle entzogen. Es ergab Sinn, dass Jasher von mir Ablehnung erwartete. Mit Ausnahme von Faith war Ablehnung alles, was er je erfahren hatte.

„Dein Vater hat dich falsch behandelt, Jasher“, platze ich heraus. Ich unterdrückte das Bedürfnis, mir eine Hand vor den Mund zu legen. Schließlich ging mich das wirklich nichts an.

Er warf mir einen undeutbaren Blick zu.

Ich räusperte mich. „Also, wann wird sie schlüpfen?“

Wir kauerten so dicht zusammen, dass ich die Stoppeln seines Dreitagebarts um seinen Mund und an seinem Kinn sehen konnte. Ich fragte mich, wie es sich anfühlen würde, diesen Bart auf meiner Haut zu spüren. Ich hatte noch nie zuvor jemanden mit so vielen Bartstoppeln geküsst.

Ich hatte wirklich Probleme damit, mir Jasher als meinen Cousin vorzustellen. Ich fragte mich, wie er über mich dachte. Mühevoll wandte ich meinen

Blick von ihm ab, aber meine Sinne blieben komplett auf ihn ausgerichtet.

„Es ist schwer, das genau vorauszusagen, aber ihre Zeit im Kokon scheint zwischen achtzehn und zweiundzwanzig Tagen zu liegen. Diese hier sollte in den nächsten zehn bis zwölf Tagen schlüpfen."

Ich starrte verblüfft auf den Kokon. „Dann werde ich hier schlafen und warten."

Er lachte und stand auf. „Wir haben noch ein paar Tage vor uns. Mach dir keine Sorgen", zwinkerte er. „Ich werde nicht zulassen, dass du es verpasst."

Die unerwartet freundlichen Worte verwirrten mich. Verständlich, denn seit meiner Ankunft war er nur unhöflich gewesen. Er zögerte. „Aber bring dein Telefon nicht in die Nähe der Fee."

„Ist das der Grund, warum du mich angeschrien hast, als ich mich neulich mit meinem Handy dem Gewächshaus näherte?", fragte ich.

Er fuhr sich mit der Hand durchs Haar. „Handys töten Feenkokons", sagte er dann ernst. Er ahmte eine kleine Explosion mit seinen Fingern nach. „Sie verwandeln sich in Dampf."

Ich riss den Mund auf. „Warum?"

Er zuckte die Achseln. „Strahlung? Elektromagnetische Frequenz? Ich habe keine Ahnung, aber ich glaube nicht, dass Technologie im Allgemeinen gut für junge Feen ist. Ich habe noch nie einen Kokon irgendwo in der Nähe von Hochspannungsleitungen, Städten,

Mobilfunkmasten oder Ähnlichem entstehen sehen."

„Das ist der Grund, warum du kein W-Lan und nicht mal Elektrizität auf dieser Seite des Hauses haben willst. Ich dachte, du seist einfach ein Höhlenmensch." Ich schaute auf den Kokon hinunter. „Du beschützt sie."

Er nickte. „Ich glaube nicht, dass es so wichtig ist, wenn sie ein bisschen älter werden, aber in diesem Stadium sind sie zerbrechlich. So wie wir alle, wenn wir jung sind."

Ich schaute ihn nachdenklich an. Die sanften braunen Augen, die Sorgenfalte zwischen seinen Brauen, den Schatten seiner Wimpern auf seiner Wange. Er hatte eine traumatische Geburt und eine unaussprechliche Kindheit erlebt, bis Faith ihn aufgenommen hatte. Kein Wunder, dass er sich so leidenschaftlich dafür einsetzte, dass die Feen überlebten. Er erwischte mich dabei, wie ich ihn anstarrte, und sah mir in die Augen. Wir hielten den Blick des anderen einen Bruchteil zu lange fest und sahen dort etwas, das uns verband. Zum ersten Mal, seit ich ihn getroffen hatte, fühlte ich, dass ich ihm etwas bedeuten könnte.

Zwei Regungen kämpften in mir. Einerseits war ich glücklich und dankbar darüber, dass ich endlich zu Jasher durchgedrungen war und eine Verbindung zu ihm hergestellt hatte, andererseits ärgerte ich mich darüber, dass ich erst das magische Codewort hatte sagen müssen. Hätte er mich nicht schätzen sollen, einfach weil ich ein Mensch und Teil seiner Familie war?

Am Ende siegte jedoch meine Freude.

Ich lächelte Jasher an und er lächelte zurück.

Kapitel 12

Das Criterion Café wurde zu meinem Lieblingsplatz in Anacullough.

Hierher kam ich, um meine E-Mails zu beantworten, im Internet zu surfen und mich im digitalen Himmel zu verlieren. Ich hatte die Ana-Bibliothek und ein paar andere Orte erkundet, aber das Criterion war geräumig und hatte große Fenster an der Vorderseite. Der Ort roch immer nach Zimtschnecken und Kaffee, und ich gönnte mir beides ein paar Mal in der Woche.

Nach der Entdeckung des Feenkokons hatte sich die Stimmung zwischen Jasher und mir beachtlich verbessert. Als die Tür des Criterions läutete und ich aufblickte, um ihn eintreten zu sehen, lächelte ich und winkte. Er grinste und schlängelte sich durch die Tische auf mich zu.

Hastig schloss ich meinen Laptop.

„Du bist wirklich süchtig nach diesem Ding, nicht wahr“, sagte Jasher und deutete auf meinem Computer. „Kannst ohne ihn nicht leben.“

„Verleumde nicht meine geliebte Technologie“, schnüffelte ich mit gespielter Empörung. „Wenigstens kann ich mich hier normalerweise vor deinem verurteilenden Blick verstecken. Wie hast du mich gefunden?“

„Dein Fahrrad“, sagte er, schaute in meine Kaffeetasse und nahm einen Schluck.

„Ah, natürlich“, sagte ich. Faiths knallgelbes Citybike parkte vor der Tür und schrie meinen Aufenthaltsort heraus wie ein Neonschild. „Was gibt es denn?“ Aus den Augenwinkeln sah ich ein paar junge Frauen, die Jasher von einem anderen Tisch aus musterten.

„Warum lächelst du?“, fragte Jasher und sah sich um.

„Nichts“, sagte ich und biss mir in die Wangen. „Was war so wichtig, dass du extra hergekommen bist, um mit mir zu reden?“

„Ich bin nicht gekommen, um mit dir zu reden. Ich war nur in der Gegend.“

„Verstehe.“

Er setzte sich auf seinen Sitz, hob sein Käppi von den Locken und fuhr sich mit der Hand durchs Haar. „Faith sagte, dass ...“ Er hielt inne. „Warum grinst du jetzt?“, fragte er verärgert.

„Tu ich nicht. Du bist niedlich. Mach weiter“, sagte ich.

„Lieber Gott im Himmel“, murmelte er und verdrehte die Augen, aber seine Wangen hatten einen rosa Schimmer bekommen. „Wie ich schon sagte, Faith erwähnte, dass du bisher noch nicht viel von Irland gesehen hast, und dass du vielleicht ... ausgehen und dich unter die Einheimischen begeben möchtest.“

„Hat sie das?“ Überrascht nahm ich meine Ellbogen vom Tisch.

„Aye, das hat sie gesagt.“ Die rosa Farbe in seinen Wangen wurde tiefer. „Sie erwähnte die Eithne-Sommerparty und ...“ Er hielt wieder verlegen inne.

„Oh, Jasher Sheehan“, hauchte ich und legt eine Hand an mein Herz. Ich klimperte mit den Wimpern und packte meinen Südstaatenakzent aus: „Schlägst du vor, mein sonst so einsames Selbst zu einer Soiree mitzunehmen, um mich in die feinste Gesellschaft von Anacullough einzuführen?“

„Hör auf damit.“

„Warum ich wohl nie von einem so feinen Mann wie dir zu einem Sommerball eingeladen wurde?“ Ich neigte meinen Kopf und fächerte mir Luft zu. „Es wäre mir eine Ehre, diesem berühmten Eithne-Ball beizuwohnen.“

„Es wird wie in einer Schlammgrube sein“, drohte er. „Du wirst Gummistiefel tragen müssen.“ Seine Augen waren auf Halbmast wie bei einem verärgerten Garfield und ich lachte über seinen Ausdruck. Er klaute einen Schluck von meinem Kaffee und musterte mich dann. „Du bist wirklich gut mit diesem schrecklichen Akzent.“

„Ich weiß. Also wann ist die Party? Müssen wir etwas mitbringen?“

„Dieses Wochenende. Du solltest vielleicht ein Kopftuch tragen und einen Stock mitbringen, um die Jungs abzuwehren.“ Er stand auf.

„Unsinn. Dafür bist du doch da“, lächelte ich ihn an. Es war das einzige Kompliment, das ich je von ihm bekommen hatte. „Das ist wirklich alles, weswegen du gekommen bist?“

„Ja, ich war auf dem Weg zum Holzlager.“

„Nun, lass dich nicht aufhalten.“

Er verdrehte wieder die Augen, aber er lächelte. „Wir sehen uns später.“

Ich beobachtete die Mädchen, wie sie Jasher beim Hinausgehen hinterher sahen. Sie warfen auch mir neugierige Blicke zu. Ich öffnete meinen Laptop und versteckte mein Lächeln hinter meiner Kaffeetasse.

Die Nacht der Party war kühl. Es hatte den größten Teil des Tages geregnet, aber gegen Abend hatte der Regen nachgelassen. Die Straßen waren feucht und um die Straßenlaternen waberte ein nebliger Schimmer, als Jasher seinen Truck am Bordstein parkte.

„Wo ist die Party?“, fragte ich und sah mich um. Es sah aus, als wären wir in einem Vorort.

„Da durch.“ Jasher zeigte auf eine Reihe von hohen, krummen Toren. Steinmauern auf beiden Seiten schirmten Blicke ab.

„Das sieht wirklich unheimlich aus“, sagte ich fröhlich, während ich meinen Sicherheitsgurt öffnete.

„Die Party finden in einem Park in der Nähe der Ruinen einer alten Festung namens Eithne statt. Die Jugendlichen dürfen hier einmal im Jahr eine Party feiern, solange der Ort am Morgen makellos ist."

Ich hob eine Augenbraue. „Irische Teenager scheinen verantwortungsvoller als kanadische zu sein, wenn sie nach einer Party draußen aufräumen."

„Sonst verlieren sie das Recht." Jasher öffnete den Truck und stieg aus. Der Klang von Rockmusik trieb über die Steinmauern. Jasher schloss die Tür und kam an meine Seite. „Bis jetzt haben sie ihren Teil der Vereinbarung eingehalten."

„Kommst du jedes Jahr?" Ich schloss den Reißverschluss meiner Windjacke. Ich hatte eine Tüte Chips im Arm, für den Snack-Tisch und ein paar Flaschen mit Getränken für uns. Jashers Getränke enthielten Alkohol, meine nicht, dank Faith. Trinken in der Öffentlichkeit war in Irland erlaubt, aber man musste achtzehn Jahre alt sein. Ich fragte mich, ob sie das heute kontrollieren würden. Kurz darauf musterte ich Jasher und fragte mich, wie es wohl wäre ihn betrunken zu sehen.

„Bei den Göttern, nein", sagte Jasher, als wir auf das offene Tor zugingen. „Einmal war genug für mich. Ich war nicht mehr in Eithne, seit ich sechzehn war."

Ich stoppte augenblicklich.

„Was?", fragte Jasher.

Meine Schultern senkten sich und ich starrte ihn an. „Das heißt, du willst nicht einmal hier sein? Warum sind wir hergekommen?" Ich drehte mich um und ging zurück in Richtung des Lastwagens.

Jasher packte mich lachend am Arm. „Nein, Georjie. Es ist alles in Ordnung. Ich werde Spaß haben."

Ich drehte mich um und warf ihm einen zweifelnden Blick zu.

„Wir sind hier", sagte er. „Lass uns einfach gehen. Du kannst nicht zurück nach Kanada, ohne auf einer irischen Party gewesen zu sein."

Dagegen ließ sich schwer etwas einwenden. Also ließ ich mich von ihm durch die Tore lenken. Ich überlegte noch, wie ich ihm anbieten sollte, einfach umzukehren, als die Musik lauter wurde und fröhliches Gelächter ertönte.

„Woah", machte ich, als wir an einer Baumgruppe vorbeikamen und sich die Szenerie vor uns öffnete.

„Siehst du", sagte Jasher hinter mir. „Die Party ist es wert."

Inmitten des schwarzen Parks erhob sich eine Lichtkugel. Zu beiden Seiten ragten hohe Bäume empor, deren Schatten links und rechts den Himmel verdunkelten. Weihnachtslichter waren willkürlich auf einem steinernen Platz aufgehängt worden, der ungefähr die Größe eines Swimmingpools hatte. Die Lichterketten kreuzten sich in alle Richtungen, ohne Struktur oder Ordnung, und erhellten die Menschen, die unter ihnen tanzten oder sich unterhielten. Ein DJ drehte sich auf einer niedrigen Holzbühne, die große Leinwand hinter ihm zeigte psychedelische Animationen.

Es war die perfekte Kulisse. Hinter der Lichtkugel zeichnete sich der schroffe Umriss der Burgruine ab. Zwei riesige Türme ragten in den Abendhimmel wie krumme Riesen auf Wache.

„Das ist Eithne?“, fragte ich.

„Aye, wir dürfen diesen Zaun eigentlich nicht überqueren.“ Jasher deutete auf eine dicke Kette als Absperrung direkt hinter dem Steinplatz. „Es ist immer ein Spion aus dem Dorf hier, um aufzupassen, dass wir uns an die Regeln halten. Wahrscheinlich mehr als einer. Keiner weiß, wer es ist, und es ist jedes Jahr jemand anderes.“

Wir liefen den Kiesweg durch die Bäume hinauf und ein Geruch von Bier stieg mir in die Nase. „Wie alt sind die meisten hier?“ Der Kies knirschte unter unseren Füßen und wurde tiefer in die feuchte Erde gedrückt.

„Bis zu fünfundzwanzig schätze ich“, sagte Jasher.

Er hatte Recht. Als ich genauer hinsah, konnte ich glattgesichtige Jungs und rundwangige Mädchen auf der Tanzfläche erkennen, während bärtige Männer Frauen anmachten, die mehrere Jahre älter aussahen als ich.

„Jasher?“

Die Stimme kam von der Seite, die am weitesten vom DJ entfernt war. Wir drehten uns um. Ein kupferhaariger Typ kam mit einem überraschten Lächeln auf uns zu. Die Leute hinter ihm schauten zu uns rüber, unterhielten sich aber weiter.

„Colin“, sagte Jasher, und die beiden umarmten einander herzlich.

„Hätte nicht erwartet, dich hier zu sehen. Du warst seit Jahren nicht mehr in Eithne.“ Colins Blick fiel auf mich. „Wer ist denn das?“

„Meine Cou ... eine Freundin aus Kanada“, sagte Jasher. Die Änderung seiner Wortwahl war mir nicht entgangen.

„Ich bin Georjayna“, sagte ich. „Ich komme mit Geschenken.“ Ich hob die Tüte mit den Chips hoch.

Colin lachte herzlich und warf einen Arm über meine Schulter. „Willkommen in Irland“, sagte er. „Ist es hier so, wie du es dir erträumt hast?“

Ich imitierte einen irischen Akzent: „Aye, es gibt guten Craic!“, sagte ich und wies mit dem Kopf in Richtung Jasher. Das Wort ‚Craic‘ bedeutete Konversation, und das war so ziemlich Anfang und Ende meines irischen Vokabulars.

Ich zwinkerte Jasher zu und er schüttelte den Kopf.

„Aye.“ Colins Arm spannte sich an und zog mich dicht an seinen Mund. Er richtete seine Bierflasche auf Jasher und sagte verschwörerisch: „Der hier war nie draußen und hat mit uns gespielt. Als wir Kinder waren, dachte jeder, er sei ein bisschen wirr im Kopf. Aber ich weiß“, er brachte die Bierflasche an seine Brust, „er ist ein solider Kerl.“

Dann stellte mir Colin seine Freunde vor, indem er

mit dem Flaschenhals auf sie zeigte. Die meisten von ihnen hatten einen so starken Akzent, dass es mir schwerfiel, sie zu verstehen. Ich strengte mich an, einige der lustigen Sprüche aufzuschnappen, scheiterte aber meistens.

Jasher stützte sich auf die niedrige Steinmauer und plauderte mit einigen der Jungs, wobei sein eigener Akzent ebenfalls stärker wurde. Es war schön zu sehen, wie er sich einmal entspannte.

Meine Augen wanderten zu der Ruine hinauf, während ich meinen Apfelwein trank und der Musik lauschte.

„Faszinierend, nicht wahr?“, sagte eine weibliche Stimme neben mir.

Ich wandte mich einem Mädchen mit kurzen blonden Haaren zu, deren Kopf bis an mein Kinn reichte.

„Emily“, stellte sie sich vor. „Ich habe in der Grundschule ein Projekt über Eithne gemacht“, sagte sie, während wir näher an die Ruine wanderten. „Ich war wie besessen. Siehst du die Bronzetafel dort?“

Ich sah sie. Sie sah aus wie eine Art Denkmal mit einer Inschrift in der Metalloberfläche.

„Ich erinnere mich an jeden Namen auf dieser Tafel und an das, was hier 1556 geschah.“

„Was geschah denn hier?“ Ich blickte zu den beiden zerbröckelnden Türmen auf.

„Eine Belagerung. Das waren die Turmwächter.

Sie waren einst ungefähr fünfundachtzig Fuß hoch, und es gab noch mehr von ihnen, insgesamt vier, aber die zwei anderen wurden zerstört."

„Wer hat die Burg belagert?", fragte ich. Der Mond war fast voll und hatte begonnen, über der Ruine aufzugehen und die zerfallenen Felsen mit kaltem blauem Licht zu bestäuben.

„Wer wohl? Die Engländer. Die Belagerung dauerte nur zwei Tage. Es waren etwa fünfzig Iren, die die Festung hielten, und ein Dutzend verbündete Spanier. Sie hatten auch einige Frauen und Kinder dabei."

„Wie viele Engländer?"

„Sechshundert", sagte sie.

Wir blieben vor der dicken Kette stehen, das Denkmal gleich auf der anderen Seite.

„Das ist wohl kaum ein fairer Kampf. Aber die Iren haben gewonnen, oder?" Ich erwartete eine heldenhafte Underdog-Geschichte, aber Emily schüttelte den Kopf.

„Nein. Die Realität ist nicht wie im Film. Jeden Tag wurde Eithne sechs Stunden lang von Kanonen bombardiert. Eine Halbkanone kann durch dicken Stein schießen, wenn sie richtig abgefeuert wird. Die Engländer stellten Sturmleitern auf, und die Spanier warfen sie um, während die Iren Felsbrocken herunterwarfen. Es heißt, der Graben war voller Trümmer und Leichen und die Mauern von Eithne waren blutüberströmt."

Meine Haut kribbelte. Fast war es, als könnte ich die Geräusche von Kanonenfeuer, schreienden Frauen und zerbröckelnden Steinen hören.

„Am zweiten Tag zerbrachen die beiden anderen Türme und die große Mauer zwischen ihnen zermalmte Dutzende. Die Festung war gefallen. Die Verteidiger versuchten zu fliehen, wurden aber niedergeschossen oder getötet."

„Auch die Frauen und Kinder?", fragte ich entsetzt.

„Nein." Sie schüttelte den Kopf und wandte sich mir im Mondlicht zu. „Die wurden gehängt."

Ich schluckte. „Eine schöne Geschichte für eine Partynacht."

„Ja, es ist definitiv keine Gute-Nacht-Geschichte. Aber wenn wir uns nicht an sie erinnern, wer dann? Darum kenne ich all ihre Namen."

Sie schaute zum Mond hinauf und begann an ihren Fingern gälische Namen aufzulisten: „Ó Cuinn, Mac Domhnaill, Ó Baoill, de Paor, Mac Catháin, Ó Cionga, Ó Ruairc. Ich könnte weitermachen."

„Schon ok", sagte ich. „Ich sollte zurück zu Jasher gehen. Danke für die Geschichtsstunde. Du hast mir echt Stoff zum Nachdenken gegen."

Emily lachte. „Tut mir leid. Ich werde leidenschaftlich, wenn es um Geschichte geht. Das war nicht nur die Geschichte einer Belagerung. Die Burg war im sechzehnten Jahrhundert von strategischer Bedeutung für ganz Irland."

Wir drehten uns um und gingen gemeinsam zurück zur Party. „Wie das?“ Ich suchte die Menge nach Jasher ab. Ich wusste noch nicht so recht, was ich von Emily halten sollte. Sie wirkte ein wenig makaber.

„Sobald die Engländer begriffen, wie sie die Festung durchbrechen konnten, mussten sie das Prozedere nur noch wiederholen. Die Garnisonen in Newcastle, Rathkeale, Ballyduff und andere fielen alle auf die gleiche Weise. Zu diesem Zeitpunkt gingen die Iren zum Guerillakrieg über.“

„Faszinierend“, sagte ich, aber ich hörte nicht mehr zu. Ich entdeckte Jasher und mein Blut wurde kalt. Etwas stimmte nicht. Sein Gesicht war blass, und sein Blick huschte umher und registrierte Dinge, die ich nicht sehen konnte.

„Ich bin so dumm“, flüsterte ich. „Wir sind so dumm.“ Ich ließ meinen Apfelwein in einen nah gelegenen Abfalleimer fallen und bahnte mir meinen Weg durch die Menge auf Jasher zu. „Entschuldige, Emily, ich muss los.“

„O...k“, sagte sie hinter mir, verwirrt über meinen abrupten Abgang.

Leute redeten auf Jasher ein, und er bemühte sich konzentriert zu bleiben, aber er scheiterte. Irgendwas lenkte ihn ab. Ich begriff, dass er von mehr als nur Menschen bedrängt wurde.

„Was ist los mit dir, Jasher?“, fragte Colin, gerade als ich mich in die Gruppe drängte. „Bist du schon besoffen? Musst du kotzen?“

Ich legte meine Hände auf Jashers Knie. Die Berührung ließ ihn zusammenzucken und seine Augen richteten sich erschrocken auf mich, als hätte ich mich gerade aus dem Nichts materialisiert.

„Jasher“, sagte ich sanft.

Erleichterung überflutete sein Gesicht. „Georjie“, keuchte er.

„Was zum ...“ Ich hielt inne und holte tief Luft. Hitze spülte meinen Hals hinauf und ich schluckte meine Frustration hinunter. Ich drehte mich zur Gruppe um und zwang mich zu einem Lächeln. „Tut mir leid, Leute. War schön euch zu treffen. Aber ich habe fürchterliche Kopfschmerzen.“ Ich legte meine Finger an die Schläfe. „Jasher, kannst du mich nach Hause bringen?“

Die ganze Aufführung stank nach schlechtem Schauspiel, aber das war mir egal – alles, was mich interessierte, war Jasher hier wegzubringen. Weg von was auch immer ihn traumatisierte.

Er nahm meine Hand. „Natürlich“, sagte er schwach.

Wir verabschiedeten uns von Colin und seinen Freunden und gingen auf das Tor zu. Ich musste Jasher regelrecht hinter mir herziehen, denn er ging wie ein Schlafwandler. Er murmelte etwas auf Gälisch und das Geräusch ließ meine Haut kribbeln. Er sprach nicht mit mir.

„Werden sie dir folgen?“, fragte ich.

Er sprach weiter auf Gälisch in einem beinah flehenden Ton. Erst als wir im Auto saßen und die Tür geschlossen hatten, sagte er: „Nein. Gott sei Dank bewegen sie sich nicht sehr schnell, und sie entfernen sich nicht weit von ihren Verstecken."

„Wie viele?"

Jasher antwortete nicht. Ich sah in sein blasses Gesicht, die Stirn mit Schweißperlen übersät.

„Jasher!"

„Ich denke nach! Äh ... sieben." Er fuhr sich mit der Hand durchs Haar und atmete tief und zitternd aus. „Ja, sieben." Er sah zu mir hinüber, und als wäre etwas an meiner Besorgnis für ihn beruhigend oder urkomisch, grinste er plötzlich. „Reg dich nicht auf, Georjie. Ich bin daran gewöhnt. Na ja, vielleicht nicht an sieben auf einmal, aber –"

„Warum hast du mich überhaupt dorthin gebracht? Du weißt über Eithnes Geschichte Bescheid, nicht wahr?"

„Ja, das lernen wir in der Schule", sagte er, als er den Wagen startete. Er fuhr über die Hauptkreuzung von Ana und bog Richtung Heimat ab.

Als wir die Kurve nahmen, entdeckte ich einen Mann außerhalb des Lichtkreises einer Straßenlaterne. Er war nicht viel mehr als eine Silhouette in Kleidung, die zu groß für ihn aussah. Eine Schiebermütze saß auf seinem Kopf und irgendetwas an ihm kam mir bekannt vor. Die Art, wie er sich bewegte, hatte etwas Seltsames an sich, wie eine steife, animierte Vogelscheuche oder ein Zombie. Ich drehte den Kopf und versuchte herauszufinden, was mir so vertraut vorkam, aber schon befand er sich hinter uns und außer Sichtweite. Ich schüttelte den Kopf und drehte mich wieder zu Jasher um, um mich auf unser eigentliches Problem zu konzentrieren.

„Ich bin ein Idiot, dass ich mich von dir dorthin habe bringen lassen", sagte ich.

„Ruhig, Georjie", sagte Jasher, seine Stimme klang jetzt entspannter. Wir hielten an der letzten Ampel vor unserer Landstraße an. „Es ist meine Schuld, nicht deine. Kein Grund, wütend zu sein."

„Ich bin nicht wütend", sagte ich. „Eher ängstlich, was da mit dir vorgegangen ist."

„Ja, vielleicht war es dumm. Ich wollte nur, dass du dich an mehr in Irland erinnerst als an Gartenarbeit." Er lachte trocken.

„Oh, mach dir keine Sorgen. Das werde ich", sagte ich zitternd und dachte daran, wie er auf Gälisch mit unsichtbaren Wesen gesprochen hatte.

„Normalerweise gibt es nur ein oder zwei Geister in der Nähe von Eithne. Ich frage mich, warum heute Abend so viele da waren."

„Die Party könnte etwas damit zu tun gehabt haben", murmelte ich. „Was wollten die wohl?"

„Was sie immer wollen", sagte Jasher, als wir uns Sarasborne näherten und auf den mondbeschienenen Hof auffuhren. „Gehört werden und um Gefallen bitten."

„Gefallen?", wiederholte ich.

Jasher parkte und stellte den Motor ab. Wir stiegen aus. Als wir den Pfad zum dunklen Haus hinaufgingen, waren wir uns so nah, dass unsere Schultern sich fast berührten.

„Ja, seltsame Dinge. Sie wollen, dass du eine Nachricht an ihre Verwandten übermittelst, die in Wirklichkeit auch schon längst tot sind, oder dass du etwas ausgräbst, was sie irgendwann irgendwo versteckt haben, oder Dinge tust, die überhaupt keinen Sinn ergeben, wie zum Beispiel in ihrem Namen ein Konzert besuchen."

„Was?" Ich blieb stehen. „Warum?"

„Wer weiß das schon, Georjie?" Er seufzte, und ich sah die Erschöpfung, die wie ein schwerer Mantel an ihm hing. Sein hübsches Gesicht sah gezeichnet und fahl aus. „Die Toten bieten keine Geheimnisse. Sie sind in der Regel einfach verzweifelt. Wir sollten uns lieber auf die Lebenden konzentrieren", sagte er, nahm meine Hand und drückte meine Finger mit seinen. „Wir haben ein Gewächshaus voller Leben, und wir werden dabei sein, wenn es schlüpft. Jetzt sei still", sagte er, als wir den Wintergarten betraten. „Faith hat einen leichten Schlaf."

Er blieb stehen und sah mich in der Finsternis an. „Bitte sag ihr nicht, was heute Nacht passiert ist", flüsterte er.

„Warum nicht?“, fragte ich. Auf die Party zu gehen war doch Faiths Idee gewesen.

„Sie wird sich schuldig fühlen. Sie kennt nicht das ... Ausmaß. Ich spreche nicht mehr mit ihr über *sie*“, flüsterte er.

„Gut. Ich sage nichts. Jasher?“

„Ja, Georjie?“

Ich wollte ihm noch tausend Fragen stellen. Aber beim Anblick seiner erschöpften Miene überlegte ich es mir anders. „Nichts“, sagte ich nach einem Moment. „Schlaf gut.“

„Du auch.“

Er ließ meine Hand los, aber ich fühlte die Wärme seiner Finger noch, während ich in mein Zimmer ging.

Kapitel 13

Als die Tage vergingen, wurden Jasher und ich immer aufgeregter, weil die Fee bald schlüpfen würde, und die Erinnerung an die Party verblasste. Unser Zusammenwohnen fand seinen Rhythmus und ich begann mich heimisch auf Sarasborne zu fühlen. Meistens stand ich morgens früh auf, ging laufen und kam um acht wieder zurück, um zu duschen und dann zu frühstücken. Ich war nie ein Fan von Frühstück gewesen. Ich wachte selten hungrig auf und aß am liebsten zu Abend, aber Faith änderte meinen Rhythmus. Ihre heißen Scones, frisch aus dem Ofen, schmeckten göttergleich! Sie bereitete köstliche Pfannkuchen, perfekt weichgekochte Eier und herrliche Obstsalate mit essbaren Blumen zu. Jeden Morgen widerlegte sie das Klischee der langweiligen irischen Kartoffelküche.

Ich hatte noch mehr seltsame Träume, die sich alle wie Episoden aus derselben Serie anfühlten, und jedes Mal wachte ich verwirrt auf und konnte mich nur vage an sie erinnern. Zum Mittagessen hatte ich sie normalerweise bereits vollständig vergessen. Nur ein Gefühl blieb mir im Herzen wie ein dichter, feuchter Nebel.

Faith nahm üblicherweise das Frühstück mit mir ein und fuhr dann morgens zu Kunden. Manchmal war sie den ganzen Tag weg, aber sie verbrachte jeden Tag ein paar Stunden draußen im Garten und in ihrer Werkstatt. Ich sah Jasher fast nie beim Frühstück. Er war ein Frühaufsteher, und mit früh meine ich ekelhaft früh. Er war um fünf Uhr dreißig auf und aus dem Haus. Um drei kam er von der Arbeit zurück. Manchmal schlief er nachmittags, immer draußen in einer Hängematte, es sei denn, es regnete. Ich war eingeschüchtert, wie viel er an einem Tag schaffte, und es drängte mich, mehr aus meiner Zeit zu machen. Ich arbeitete an meinem Fotomontagekurs im Criterion. Ich aktualisierte meine sozialen Plattformen, überprüfte E-Mails und gab mich meinem schuldigsten Vergnügen hin – dem Online-Shopping.

Nachmittags half ich Jasher bei einem seiner Projekte oder fuhr mit Faiths Citybike raus, um eine Besorgung für sie zu erledigen. Manchmal gingen Jasher und ich zusammen ins Dorf. Er brauchte immer etwas aus dem Holzlager oder vom Baumarkt, und ich stöberte währenddessen im Antiquitätenläden. Wir mussten uns immer auf eine Zeit verabreden, um uns zu treffen, denn Jasher besaß kein Handy. Ich zog ihn damit auf, dass er wie ein Höhlenmensch lebte, aber innerlich schätzte ich sein Engagement, ein technikfreies Leben zu führen. Es war etwas, das ich niemals tun könnte. Technik bedeutete für mich mehr als nur einfach Ablenkung. Sie bedeutete Kontakt zu den Menschen, die ich liebte. Zu meinen Freundinnen.

In der restlichen Zeit half ich Faith im Garten. Unkraut jäten, Unkraut jäten und Pflanzen stutzen. Eines Tages, als ich mit Faith bei der Arbeit war, begannen die Anzeichen einer Veränderung die Ränder meines Bewusstseins zu durchdringen. Nichts Großartiges und doch zu deutlich, um die Änderung zu ignorieren.

Ich legte meine Finger auf eine Pflanze und fühlte mit den Kuppen meiner Finger die weichen Haare auf den Blättern. „Beinwell“, sagte ich. „Gut für Knochenreparaturen.“

Faith schaute auf. „Woher wusstest du das?“

Ich runzelte die Stirn. „Du musst es mir gesagt haben.“ Aber ich konnte mich eigentlich nicht daran erinnern, dass sie mir von dieser speziellen Pflanzenart erzählt hatte. Ich verbuchte es als ein Mysterium des Geistes. Manchmal weiß man einfach Dinge, aber man weiß nicht, wo man sie aufgeschnappt hat. Faith schüttelte den Kopf, als ob sie sich auch nicht daran erinnern könnte, mir davon erzählt zu haben, und machte sich wieder an die Arbeit.

Das Gelände von Sarasborne war riesig und es gab immer etwas zu tun, obwohl Jasher sich liebend gern um alles kümmerte. Er hatte die Renovierung des Gewächshausdachs längst abgeschlossen und mit dem Grundriss eines Anbaus begonnen – eine Art Labor für Tante Faith.

Bei einer meiner morgendlichen Laufrunden fiel

mein Blick auf mehrere hohe Pflanzen mit kurzstieligen Blüten. Wieder kannte ich die Pflanze. Woher? Ich blieb stehen und trat in den Graben, um sie zu untersuchen. Ich berührte ein Blatt und bückte mich, um an ihm zu riechen, als Informationen durch meine Fingerspitzen und in meinen Verstand drangen. Klette – ein Blutreiniger, ein starkes Entgiftungsmittel. Die medizinischen Eigenschaften und die chemische Zusammensetzung der Pflanze erfüllten meinen Geist. Ich ließ das Blatt los, aber das Wissen blieb. Ich schüttelte den Kopf. Tante Faith musste mir von der Pflanze erzählt haben, ich konnte mich einfach nicht mehr daran erinnern.

Aber als ich die Einfahrt zurück zum Haus hinunter joggte, passierte es wieder. Ich kam an einer Gruppe von langstieligen Pflanzen mit kleinen gelben Blüten vorbei. Ich hielt an und betrachtete die winzigen, gänseblümchenähnlichen Blüten.

Die Seitentür zum Haus öffnete sich und Faith kam mit einem Eimer Kompost heraus. „Guten Morgen, Georjie."

„Du hast da Jacobaea Vulgarus wachsen lassen", sagte ich und zeigte auf sie. „Sie ist tödlich." Ich brauchte sie nicht einmal zu berühren, um es zu wissen.

Faith brachte ein überraschtes Lachen zustande. „Ja, aber die meisten Leute nennen es Kreuzkraut. Oder noch besser", sie wackelte mit den

Augenbrauen, „Stutenfurz." Sie warf Obst- und Gemüsestecklinge in den Komposthaufen hinter der Garage. „Ich habe sie für die Bestäuber gepflanzt."

Ich nickte. Zweiunddreißig Arten von gefährdeten Insekten ernährten sich vom Nektar des Kreuzkrauts. Es war ihre einzige Nahrungsquelle. Ich blinzelte und versuchte mich zu erinnern, woher ich das wusste. Irgendwann musste ich in der Schule besonders aufgepasst haben.

„Komm rein zum Frühstück", sagte Faith. Sie ging mit ihrem leeren Kompostkübel wieder hinein.

Ich folgte ihr. „Hast du alles für Aberdeen gepackt?"

„Ja", sagte sie. Faith hob ein Paar Topflappen auf und öffnete den Ofen. Der Geruch von frischen Scones wehte heraus. „Wirst du mich vermissen?"

Ich inhalierte den Duft und stöhnte vor Vergnügen. „Nein, aber deine Backkünste."

Sie lachte und schlug mit dem Geschirrtuch nach mir.

„Bist du gespannt auf deinen Kurs?", fragte ich.

„Sehr." Sie hob ein Scone mit einem Spatel auf und legte es auf einen Teller, dann reichte sie es mir. „Als ich die Krankenpflege verließ, um allein zu arbeiten, versprach ich mir selbst, jedes Jahr einen Kurs zu machen. Es ist ein Geschenk an mich selbst." Schuldgefühle erschienen auf Faiths Gesicht. „Wird es euch gut gehen?"

„Wenn du mich das bei meiner Ankunft gefragt

hättest, hätte ich mich an dein Bein geklammert und dich angefleht, nicht zu gehen.“ Ich schmierte das Gebäck mit Butter ein und sah zu, wie es schmolz. „Aber Jasher und ich haben Frieden geschlossen. Du brauchst dir keine Sorgen zu machen.“

Sie entspannte sich. „Gott sei Dank.“

Ich lächelte. „Genieße einfach deinen Kurs. Du wirst das Feenschlüpfen allerdings verpassen.“

Sie zuckte die Achseln und sah wehmütig aus. „Ich kann sie sowieso nicht sehen. Du kannst mir alles darüber erzählen, wenn ich zurückkomme.“

Jeden Tag nach dem Frühstück ging ich mir den Kokon anschauen. Ich untersuchte ihn sorgfältig auf Haarrisse und Farbveränderungen. Ich wurde von ihm angezogen, als ob zwischen uns ein unsichtbares Band bestünde.

Ich hatte mit mir gerungen, meinen Freundinnen von alldem zu erzählen – von der Fee, den Geistern, die Jasher sehen konnte. Wie erklärt man so etwas Übernatürliches? Sie würden mich für verrückt halten. Vielleicht nicht Targa, sie war ziemlich aufgeschlossen. Aber ich brach in Schweiß aus, wenn ich daran dachte, es sogar ihr zu erzählen.

Am liebsten hätte ich ein Foto von dem Kokon gemacht, aber ich hätte mein Handy niemals mit in das Gewächshaus genommen. Mein Umgang mit meinem Handy hatte sich stark verändert. Ich nahm es immer noch auf meine Ausflüge mit, weil ich es liebte, Fotos von der irischen Landschaft zu schießen. Aber ich ließ es nie draußen liegen.

Da sich die Farbe des Kokons vertieft hatte, stand ich immer früher auf, um ihn zu überprüfen. Bald kontrollierte ich ihn ein Dutzend Mal am Tag, aus Angst, dass ich das Schlüpfen verpassen könnte. Jasher lachte über meinen Eifer, aber auch er besuchte das Gewächshaus immer öfter. Es wurde unser Treffpunkt.

Am Tag, nachdem Faith sich nach Aberdeen aufgemacht hatte, war es schließlich soweit. Zusammen mit all den anderen merkwürdigen Wissensfetzen, die irgendwie in meinen Kopf gelangt waren, wachte ich auf und wusste, dass es geschehen würde.

Kapitel 14

Ich sprang aus dem Bett und polterte in Pyjamahose und Tank-Top die Treppe hinunter. Als ich Jasher auf einem Hocker vor dem Kokon sitzen sah, bedauerte ich es, mich nicht angezogen zu haben. Er drehte sich um und lächelte. Anscheinend war ich nicht die Einzige, die beim Aufwachen sofort gewusst hatte, dass das große Ereignis bevorstand.

Jasher hatte einen Klapptisch aufgebaut. Darauf lagen ein ledergebundenes Skizzenbuch sowie ein Haufen Ölpastellkreiden. Er hatte eine Reihe von Pastellen aus dem violetten und roten Spektrum ausgewählt. Ich hatte noch nie so viele Variationen einer Farbe gesehen. „Willst du sie zeichnen?"

Jasher nickte. „Aber natürlich. Das ist Tradition."

Da wurde mir etwas klar. „Du bist derjenige, der die kleine Fee auf dem Umschlag gezeichnet hat!"

Jasher warf mir einen verständnislosen Blick zu, doch dann begriff er. „Oh, der Brief, den Faith an deine Mutter geschrieben hat?" Er grinste. „Ja, das war ich. Das hatte ich vergessen."

Ich hockte mich neben ihn und untersuchte den Kokon. „Da ist ein Riss!", rief ich.

Jasher klemmte seinen Bleistift zwischen die Zähne und griff nach einem anderen Hocker. Er stellte ihn neben sich und ich setzte mich hin. „Es wird nicht mehr lange dauern. Ich wollte gerade kommen und dich holen."

Wir sahen mit angehaltenem Atem zu, wie sich das Wunder vor unseren Augen vollzog. Der Kokon war nun in der Mitte ganz geöffnet, und ich konnte winzige Bewegungen erkennen. Ich fühlte mich, als wäre die Zeit stehen geblieben. Dann sah ich die Fee.

Sie war ein zauberhaftes Wesen. Die violette Farbe des Kokons kam eindeutig von ihren Flügeln und Haaren. Ein schwaches Glühen umgab die Fee und ich sah, was Jasher damit meinte, dass Feen fast wie Geister aussahen. Ich konnte die Umrisse der Blätter hinter ihr sehen. Sie war zart, und ich zitterte bei dem Gedanken daran, was ein Handy ihr antun könnte. Ihre Augen waren geschlossen, ihre Flügel feucht und zerknittert. Der Kokon war nun eine durchsichtige Hülle. Ihre Glieder waren zusammengefaltet und ihr Kopf lag auf den Knien.

Jashers Bleistift streifte über die Seite und umriss ihre Form.

„Du musst Augen wie ein Falke haben“, flüsterte ich, während ich sah, wie ihre Form auf dem Blatt zum Leben erwachte. Jashers ausgezeichnete Zeichenkünste überraschten mich nicht im Geringsten.

„Augen wie ein Typ, der Feen und Geister sieht“, flüsterte er zurück.

„Warum flüstern wir?“

„Du hast damit angefangen.“

Die Fee entfaltete sich und streckte ihre Glieder

und Flügel aus. Jasher zeichnete leicht und schnell. Er erstarrte, als ihre Augen sich zum ersten Mal mit flatternden Wimpern öffneten. Die Wimpern waren sowohl oben als auch unten dick, die unteren waren länger als die oberen, was ihrem Gesicht etwas Melancholisches verlieh. Sie schien furchtlos, neugierig und wirkte zugleich jung und alt. Ihre Flügel spannten sich.

Wie ein Flüstern in meinem Hinterkopf hörte ich ihren Namen.

„Rasha“, sagte ich leise. Die Fee neigte ihren Kopf zu mir und nickte mir dann respektvoll zu.

Jasher klappte der Mund auf. „Woher kennst du ihren Namen?“

„Sie hat ihn gesagt, hast du sie nicht gehört?“

Jasher schüttelte den Kopf. „Ich habe nichts gehört.“

„Ich schon.“ Ich holte Luft. Oder hatte ich es mir nur eingebildet?

„Interessant“, murmelte Jasher. Er krakelte ihren Namen oben auf die Seite und skizzierte weiter. Ihre Flügel schwirrten plötzlich so schnell, dass sie nur noch ein schillerndes Violett darstellten. Jashers Stift bewegte sich schneller. Viel Zeit blieb ihm nicht mehr. Keine Minute später flog die Fee zwischen uns hin und her und dann hinauf zur offenen Kuppel und nach draußen. Sie war verschwunden.

Jasher begann seiner Zeichnung Farbe

hinzuzufügen. Ich beobachtete über seine Schulter, wie er das Bild zu Ende zeichnete.

„Du bist wirklich erstaunlich. *Das* war wirklich erstaunlich. Ich meine, die ganze Sache war einfach ... erstaunlich!“

Jasher warf mir einen rätselhaften Blick zu. „Aye, ich bekomme immer eine Gänsehaut.“

„Darf ich einige deiner anderen Zeichnungen sehen?“

Er reichte mir sein Skizzenbuch.

Ich legte es offen auf meinen Schoß und blätterte eine Seite zurück zu der Fee vor Rasha. Sie hatte einen verrückten Schopf mit grünen Haaren, die spitz zusammenliefen, und schwarze Augen, die kleiner waren als die von Rasha.

„Sieht aus, als wäre das im Juni passiert, kurz bevor ich kam.“

„Aye.“

Plötzlich fragte ich mich, ob es Jashers Plan war, in Sarasborne zu bleiben und sich für den Rest seines Lebens der Landschaftsgestaltung und dem Zeichnen von Feen zu widmen. Wollte er eine Familie? Kinder? Es drängte mich, ihn zu fragen, aber mir fehlte der Mut.

Als ich die Seiten umblätterte, wuchs mein Respekt vor Jashers Talent. Seite um Seite wunderschön gezeichneter und außergewöhnlicher Feen in allen Farben, Formen und Größen gingen unter meinen Fingern dahin. Hätte ich dieses

Skizzenbuch gefunden und wüsste nicht, wem es gehörte, wäre ich davon ausgegangen, dass es einer bekannten Künstlerin gehörte. Die zarte Natur der Feen und die Regenbogenfarben schienen eher zu einer Frau zu passen.

Ich sah zu Jasher. Wer war er wirklich? Ein schroffer Naturbursche? Ein solider Handwerker? Ein spiritueller Mensch mit Verbindungen zu übernatürlichen Dingen? Ein talentierter Künstler?

Aus seinen Zeichnungen strömte eine Liebe für die kleinen Wesen, die so ergreifend war, dass sie sein Herz entblößten. Dass er mich seine Zeichnungen sehen ließ, machte ihn so verletzlich, wie er nur sein konnte. Wir wurden beide still, während ich Seite um Seite umblätterte. Plötzlich merkte ich zu meinem Entsetzen, dass sich Tränen hinter meinen Augenlidern bildeten.

„Georjayna?", sagte Jasher leise.

Ich schluckte. Ich schloss das Skizzenbuch, bevor ich sie alle zu Ende angesehen hatte, denn wenn ich weiterblätterte, würde ich mich zum Narren machen. „Die sind unglaublich", sagte ich und räusperte mich. Ich reichte ihm das Buch. „Ich konnte immer nur davon träumen, ein Talent wie deines zu besitzen."

Sein Ausdruck war unleserlich, sein Blick forsch. Schließlich stand ich etwas zu plötzlich auf. Ich wandte mich ab, um mir selbst einen Moment Zeit zu geben, und fragte das Erste, was mir in den Sinn kam: „Warum glaubst du, geht die Anzahl der Kokons zurück?“

Er zuckte die Achseln. „Industrie und Technologie, nehme ich an. Sie sind einfach so zerbrechlich, wenn sie jung sind.“

Der Fortschritt war nicht aufzuhalten. Würden wir irgendwann den Punkt erreichen, an dem es gar keine Feen mehr gab? Was würde dann mit der Welt geschehen?

Das Hochgefühl, das mich überkommen hatte, als ich Rasha schlüpfen sah, verschwand. Gab es nicht genug Umweltschutzorganisationen da draußen, die gegen die Industrie wetterten? Irgendwie war mir nie klar gewesen, wie real die Zerstörung der Umwelt sein konnte. Seltsamerweise hatte gerade die Geburt der mystischen Fee mir die Realität vor Augen geführt.

Die Natur war nicht nur eine Kraft außerhalb meiner selbst, die ich bewundern konnte, wenn die Stimmung gerade passte. Die Natur hatte nun ein Gesicht, eine Form und einen Herzschlag. Sie hatte ein Volk. Eines, das in völliger Dunkelheit lebte; eines, das wesentlich für unser eigenes Überleben war, aber langsam ausgelöscht wurde.

Kapitel 15

Am nächsten Tag aß ich allein in der Gartenlaube zu Mittag, als eine Nachricht auf meinem Handybildschirm aufleuchtete.

Targa: *Wie ist das Leben mit dem Troll?*

Ich: *Wir haben Frieden geschlossen, Gott sei Dank. Und ich glaube nicht mehr, dass er verrückt ist.*

Targa: *Nein? Hast du ihn danach gefragt?*

Meine Finger schwebten über der Tastatur, aber berührten sie nicht. Was sollte ich darauf antworten? Ich tippte: *Er kann tote Menschen sehen.*

Aber ich drückte nicht auf Senden. Kurz darauf lösche ich die Nachricht und schrieb stattdessen: *War nur ein Missverständnis.*

Sie schrieb augenblicklich zurück.

Targa: *Du weichst aus! Zum Glück für dich bin ich gerade auf dem Weg, um das Bergungsteam am Strand zu treffen, sonst würde ich dich zwingen mir Details zu erzählen.*

Ich: *Du klingst professionell.*

Targa: *Wechsle nicht das Thema. Du erzählst mir später mehr!*

Ich: *Jawohl, Ma'am.*

Ich war auf halbem Weg vom Pavillon zum Haus, als Jashers Wagen in die Einfahrt fuhr. Er trat so heftig auf die Bremse, dass Steine über den Rasen flogen. Kaum verstummte der Motor, sprang Jasher schon aus der Tür.

„Alles in Ordnung?“, rief ich ihm über den Rasen hinweg zu.

„Das Gewächshaus ist offen, ja?“ Er knallte die Tür des Lastwagens zu und lief auf Sarasborne zu.

„Ja, ich habe es nicht geschlossen. Hätten wir das tun sollen?“

„Nein, nein“, rief er aus. „Aber ein Sturm zieht auf.“ Seine Schultern und Haare sahen feucht aus, seine dunklen Locken klebten an seinem Nacken und seiner Stirn. „Ich komme gerade von Ana, dort regnet es bereits.“ Seine Augen leuchteten hell und hoffnungsvoll.

„Glaubst du, dieser Sturm könnte einen Kokon bilden?“ Ich blickte zweifelnd nach oben. Der Himmel schimmerte rötlich mit ein paar Wolkenfetzen. Eine Brise zerrte an meinem Haar.

„Ich hoffe es. Wenn wir Regen bekommen und danach die Sonne scheint ...“ Er zuckte die Achseln. „Dann vielleicht.“

Ich lief zurück, um mein Handy auf dem Küchentisch abzulegen, ehe wir durch das Haus und in das Gewächshaus rannten. Erste Regentropfen fielen bereits vom Himmel. Wir schlossen die Glastüren, die Faiths Werkstatt von den Pflanzen trennten, und räumten ein paar Werkzeuge weg. Der Regen wurde heftiger und binnen weniger Minuten verwandelten die weißen Wolken sich in dichte, düstere Türme. Jasher und ich grinsten einander an. Wie Kameraden.

„Jetzt können wir nichts mehr tun außer abzuwarten“, sagte Jasher. Er saß auf der Schwelle des Gewächshauses und der Stube, wo keine Gefahr bestand, nass zu werden. Ich parkte mich auf einem Stuhl in der Nähe der Schiebetür. Ich versuchte, mich zu entspannen und den Regen zu genießen, aber mich erfüllte Aufregung wie Strom und ich kaute an meinem Daumennagel – ein nervöser Tick, den ich seit meiner Kindheit nicht loswerden konnte.

Jasher lachte.

„Was?“, fragte ich.

„Deine Wirbelsäule ist stockgerade. Versuch dich zu entspannen. Wahrscheinlich wird nichts passieren.“

Doch er hielt sich selbst nicht daran. Ein paar Minuten später gingen wir beide auf und ab.

Der Regen dauerte eine tagelang scheinende Stunde. Als die Tropfen versiegten, lag Jasher ausgestreckt auf dem Boden und ich saß mit gefalteten Beinen auf einem Stuhl und las ein Gartenbuch, das ich aus dem Regal genommen hatte. Plötzlich hob Jasher seinen Kopf. Ich sah ebenfalls nach oben. Wir waren wie ein paar Jagdhunde, die im Wald einen Zweig knacken hören.

„Ich glaube, es hört auf“, murmelte er.

„So weit, so gut, nicht wahr? Schau dir all die Regentropfen an.“ Jede Pflanze und jedes Blatt troff vor Regenwasser. Es nieselte jetzt nur noch. Jasher trat über die Schwelle und ich folgte ihm. Wir blickten durch die offene Kuppel nach oben. Ein paar Tropfen spritzten mir ins Gesicht. Graue Wolken quollen im Himmel auf.

„Die müssen sich jetzt öffnen“, sagte Jasher.

Wir sahen zu, wie der Regen nachließ und schließlich versiegte. Der Boden war vor Nässe aufgeweicht. Jasher und ich standen auf den Gummimatten. Das Licht veränderte sich und wurde heller. Eine Naht riss in der Wolkendecke auf und die Sonne drang hindurch.

Jasher richtete seinen Blick auf mich und schenkte mir dieses herzergreifende Grinsen, das an ihm so selten und zugleich so unvergesslich war. „Bessere Bedingungen könnten wir uns nicht wünschen.“ Die Wolken brachen weiter auf und Sonnenstrahlen fanden ihren Weg zur Erde herab.

„Der Trick ist, dass die Tropfen nicht schnell fallen dürfen.“ Er senkte seine Stimme fast zu einem Flüstern. „Sie müssen sich lange genug an einem Blatt festhalten, damit ein Sonnenstrahl sie durchdringen kann. Ich denke – und das ist nur meine Vermutung –, das Licht muss die richtige Frequenz haben“, sagte Jasher. „Das passiert nicht an kalten Tagen. Die Kombination muss warmes Licht und reines Wasser sein. Stell dir die

Tröpfchen als das Ei vor und das Sonnenlicht als Sperma."

Ich musste lachen.

Jasher schoss mir ein schiefes Lächeln zu. „Es ist wahr", sagte er mit gespielter Verteidigungshaltung. „Das ist der Weg der Natur, nicht wahr? Schau dir jetzt an, wie schnell die Pflanzen tropfen. In ein paar Minuten wird weniger Wasser von den Blättern ablaufen. Behalte deine Augen ..."

Er konnte seinen Satz nicht mehr beenden. Ein winziges Funkeln Sonnenlicht blitzte auf. „Da!" Ich zeigte darauf.

Ein Tropfen war gefroren und färbte sich rasch pastellgrün. Mein Puls beschleunigte sich. Ein weiterer Blitz fiel mir ins Auge, als sich ein zweiter auf derselben Pflanze bildete, nur war dieser rosa.

„Da", riefen Jasher und ich gleichzeitig aus und lachten. Mein Herz fühlte sich leicht wie eine Feder an und ein Gedanke durchzuckte mich: *Das ist Glück. So fühlt es sich an, einfach nur glücklich zu sein.*

Jasher klatschte sich gegen die Stirn. „Zwei!"

„Da", keuchte ich und zeigte hoch. Ein Funkeln hing an den oberen Blättern einer Topfbasilikumpflanze, die gelb glasiert war.

„Janey Mack!" Jashers Stimme war voller Ehrfurcht.

Ich lachte. „Was hat das zu bedeuten?" Aber ich konnte es mir denken.

Das Gewächshaus füllte sich mit Glitzern und überall blinkte es, als wären Glühwürmchen zwischen den Pflanzen. Es war pure Magie. Wir wurden still, wie betäubt. Überall bildeten sich farbige Kokons. Sie erschienen an jeder Pflanze. Jashers Mund stand offen und auf meinen Armen bildete sich eine Gänsehaut. Die Energie im Gewächshaus veränderte sich. Ich trat mit meinen nackten Fußsohlen auf die Erde. Eine Kraft hatte unter mir zu summen begonnen und die Luft knisterte vor Spannung.

„Spürst du das?“ Ich legte eine Hand auf Jashers Arm.

„Was?“, flüsterte er.

„Diese Schwingung. Die Energie.“

Er runzelte die Stirn. „Welche Schwingung?“

„Ich weiß es nicht“, antwortete ich. Ich wusste nicht, wie ich es beschreiben sollte.

Die Sonne kroch hinter die Wolken und der Wuchs der Kokons verlangsamte sich. Ein letzter Kokon bildete sich aus, dann versiegte das Sonnenlicht.

Ich ließ Jashers Arm los, als Jasher unter die offene Kuppel trat und einen Rundgang unternahm. Ich folgte ihm fassungslos. Bei jedem Schritt konnte ich die Energie spüren, die unter meinen Füßen klimperte. Der Anblick der mit Kokons beladenen Pflanzen war so bezaubernd. Die Luft fühlte sich feucht und sauber an. Ausnahmslos jede Pflanze triefte vor transparent-farbigen Regentropfen.

„Unglaublich", flüsterte Jasher.

Ich fühlte, dass wir einem Ereignis beigewohnt hatten, das vielleicht nur einmal alle hundert Jahre stattfand.

Doch ich irrte mich.

Später in dieser Nacht riss mich der Klang eines Hammers aus dem Schlaf. Mein Herz schlug mir bis zur Kehle und ich keuchte. Ich hatte tief und fest geschlafen.

Bumm. Bumm. Bumm.

Das war kein Hammer. Jemand klopfte an meine Tür. Ich rieb mir den Schlaf aus den Augen und schaute auf die Uhr. Beinahe drei Uhr morgens. Mondlicht erhellte mein Zimmer und als sich der Schlafnebel langsam lichtete, nahm ich das Geräusch von leichtem Regen und Wind wahr. Ich warf die Decken zurück und machte mich auf den Weg zur Tür.

„Georjie?"

Jashers Augen waren weit und hell, als hätte er eine ganze Karaffe Kaffee getrunken.

„Was ist denn los?" Ich unterdrückte ein Gähnen und bedeckte meinen Mund.

„Entschuldige, dass ich dich wecken muss, aber ich dachte, du würdest das nicht verpassen wollen. Kannst du runterkommen?" Er wartete nicht erst auf meine Antwort, sondern verschwand sofort die

Treppe hinunter.

Ich suchte auf dem Boden mit den Zehen nach meinen Pantoffeln und entdeckte die schwachen weißen Flecken, die unter meinem Bett hervorschauten. Nachdem ich meinen Bademantel gefunden hatte, wickelte ich ihn um mich und verließ das Zimmer, wobei ich mir die Knoten mit den Fingern aus den Haaren kämmte, so gut es ging. Als ich unten an der Treppe um die Ecke kam, hielt ich inne und lauschte. Schwache Schritte Richtung Gewächshaus erklangen, also folgte ich Jasher dorthin.

Er saß auf der Schwelle mit offenen Schiebetüren, das Kinn in den Händen. Ich setzte mich neben ihn. Es war kein Licht an und er sagte nichts.

„Was ist ... Ohhh." Ein Schimmer fiel mir ins Auge, und dann noch einer. Die Wolken öffneten sich vor dem Mond und sein helles, kühles Licht erhellte die Szenerie vor uns. Es bildeten sich weitere Kokons. Nicht so schnell wie während des Tages, aber sie erschienen immer noch schneller, als ich sie mit meinen Augen verfolgen konnte. Das Laub funkelte, als säßen überall farbige Glühwürmchen.

„Sie können sich im Mondlicht bilden?", flüsterte ich erstaunt. „Das hast du mir nicht gesagt."

„Ich wusste es selbst nicht!", flüsterte er zurück und zuckte mit den Schultern bis zu den Ohren. „Georjayna." Er legte eine Hand auf meinen

Unterarm und sah mir im matten Funkeln ringsum in die Augen. „Mondfeen“, sagte er und betonte das Wort ‚Mond‘. Er grinste.

„Mondfeen.“ Ich grinste zurück.

Wir sahen die nächsten zehn Minuten schweigend zu, wie die kleinen Kokons entstanden. Bald verlangsamte sich der Vorgang, denn das Licht veränderte sich, als die Wolken wieder über den Mond glitten. Das Ereignis, von dem ich gedacht hatte, dass es nur einmal in einem Jahrhundert passieren würde, geschah also zweimal innerhalb weniger Stunden.

Ich begriff, dass ich Teil eines Wunders geworden war – zum zweiten Mal.

Aber wieso?

Kapitel 16

„Du hast wirklich Glück gehabt, Georjie." Jashers Stimme brach die Stille. Ich liebte den Klang meines Spitznamens aus seinem Mund.

„Warum?", fragte ich.

„Das ist das Vermächtnis deiner Familie", sagte er. „Wie viele andere Familien haben diese Art von Verbindung zur Natur?"

„Es ist auch deine Verbindung, Jasher. Du bist ein Teil dieser Familie", sagte ich.

Er zuckte die Achseln. „Ja und nein. Faith will sicherlich, dass ich mich als Teil ihrer Familie fühle. Aber ich weiß, wo ich herkomme und was ich bin."

„Was meinst du damit? Was bist du?" Ich drehte mich um, um ihn im gedämpften Licht zu mustern. Da war sie plötzlich wieder – die tiefe Traurigkeit, die ich auf den alten Fotos von ihm wahrgenommen hatte. Sie war doch nicht verschwunden.

Er sah mir tief in die Augen. „Ich bin verflucht", flüsterte er.

„Nein, Jasher, du bist nicht verflucht. Du bist gesegnet", protestierte ich.

Er gab ein humorloses Lachen von sich. „Es ist nett, dass du versuchst, die positive Seite zu sehen, aber es ist kein Segen, wenn deine Mutter stirbt, während du noch nicht geboren bist."

Ich blinzelte und schwieg. Was sollte ich darauf

auch antworten?

„Ich sollte tot sein“, sagte er. „Welche Kraft auch immer den Körper meiner Mutter dazu brachte, mich zu gebären, war keine gute Kraft. Kein Wunder, dass es mich gebrandmarkt hat. Es ist kein Segen, in der Lage zu sein, die Toten zu sehen und mit ihnen zu sprechen. Es ist ein Fluch.“

Meine Haut wurde klamm. Er glaubte, was er sagte. Das konnte ich spüren.

Ich näherte mich ihm vorsichtig. „Ich weiß nicht, wie es ist, die Toten zu sehen und mit ihnen zu reden, Jasher“ begann ich. „Aber immer, wenn es Leben gibt, wo es den Tod hätte geben können, ist das gut. Du bist etwas Besonderes.“

„Nein, Georjie.“ Er schüttelte heftig den Kopf. „Das wenige Gute, das meine Fähigkeit bewirkt, ist viel zu schwach für den Preis, den ich dafür zahlen musste. Du weißt nicht, wie es ist, mehr Gespräche mit Toten als mit Lebenden zu führen. Ihre Geschichten zu hören ...“ Er schluckte. „Tote haben keine Skrupel alle Sünden zu beichten, die sie begangen haben, als sie noch lebten. Sie sind alle auf der Suche nach Erlösung. Nach Vergebung. Wenn sie ein offenes Ohr finden, werden sie nicht aufhören, zu reden. Die Lebenden behalten ihre Geheimnisse für sich. Nehmen sie mit ins Grab, wie man sagt. Aber wenn sie erst einmal im Grab sind, dann wollen sie nichts als ihre Geheimnisse loswerden.“

„Du meinst, sie erzählen dir ihre Lebensgeschichten?“

Wieder schüttelte Jasher den Kopf. „Nur ihre Sünden. Manche wie Conor, die ein gutes Leben geführt haben, sind daran interessiert zu helfen. Aber die meisten von ihnen sind die Überreste erbärmlicher Menschen, die den Lebenden nichts zu bieten haben außer Horrorgeschichten.“

Das erklärte, warum er sich verflucht fühlte. Ich wollte ihm dafür danken, dass er sich mir anvertraute, als er sagte: „Und noch etwas. Ich bin mir nicht einmal sicher, ob die meisten Geister, mit denen ich gesprochen habe, wirklich die Geister von Menschen sind.“

Mein Mund blieb offen. „Was sollten sie sonst sein?“

„Manchmal ... manchmal scheint es, als könnte kein Mensch jemals so böse sein. Diese Geister haben Dinge getan ... Dinge, die einfach nicht menschlich sind.“

„Kannst du mir ein Beispiel geben?“

Er presste die Lippen zusammen. „Ich will dir keine schrecklichen Bilder in den Kopf setzen. Es sind … es sind eher die Taten von Dämonen als von Menschen.“

„Meinst du damit, dass sie besessen waren?“, fragte ich.

„Wie würdest du es sonst nennen, wenn ein Mensch Grausamkeiten begeht, die völlig unmenschlich sind? Warum würde ein Mensch sonst etwas Böses tun, das völlig sinnlos ist und ihm nichts bringt?“

Meine Gedanken wanderten zurück zu einem schrecklichen Ereignis, das in Kanada geschehen war, als ich noch in der Junior High School gewesen war. „Es gab bei uns einen Fall von einem Mann in einem Zug, der ein unschuldiges Kind angriff, das gerade Musik hörte. Der Mann tötete das Kind ...vor aller Augen.“ Ich schauderte. „Er zeigte keine Emotionen, während er es tat.“ Ich schluckte hart. Es war eine Nachrichtenmeldung, die ich nie hatte vergessen können. Manche Kinder hatten in den Gängen geweint, nachdem wir davon gehört hatten.

„Genau von solchen Dingen spreche ich“, sagte Jasher leise. „Glaubst du, wenn dieser Mann bei klarem Verstand gewesen wäre, hätte er das getan? Er hat das Leben dieses Jungen zerstört, das Leben aller, die es miterlebt haben, das Leben der Angehörigen des Jungen und auch sein eigenes Leben. Warum sollte ein Mensch so etwas tun?“

„Ich glaube, er war krank“, sagte ich. „Das heißt nicht, dass er besessen war.“

„Was ist eine geistige Krankheit, wenn nicht Besessenheit? Etwas Dunkles, das Macht über deinen Körper ergriffen hat?“

Ich begann seine Sichtweise zu verstehen, wusste aber nicht, ob ich ihr zustimmte. „So könnte man es ausdrücken“, sagte ich.

„Was ist ein Dämon anderes als etwas, das mehr Macht über dich hat als du selbst? Alles von Alkoholismus über Lungenentzündung bis hin zu Depressionen und Geisteskrankheiten.“

„Aber willst du damit sagen, dass die Menschen, die diese Dinge tun, schuldlos an ihrem Verhalten sind?“, fragte ich. Der Gedanke gefiel mir nicht.

„Ich weiß nicht, ob ich das Wort schuldlos verwenden würde“, sagte er und runzelte die Stirn. „Ich denke, meine Erfahrung mit den Toten lässt mich erkennen, dass die Menschen nicht immer dafür verantwortlich sind, was mit ihnen geschieht, aber sie werden dafür verantwortlich gemacht. Sie müssen für ihre Taten bezahlen, egal ob sie unter dem Einfluss einer anderen Macht standen oder nicht.“

Ich hatte noch nie jemanden getroffen, der so dachte wie Jasher. Ich fühlte, wie er mein Verständnis der Welt herausforderte.

„Mein Fluch ist der Grund, warum ich immer zu Hause bin.“ Jasher klang bitter. So hatte ich ihn noch nie gehört.

„Ich dachte immer, dass du gar nicht von hier wegwillst.“

Er schüttelte den Kopf. „Du würdest dein Leben auch in Einsamkeit mit Pflanzen verbringen, wenn dich jedes Mal, wenn du in eine Stadt gehst, die Toten verfolgen.“

„Was würdest du mit deinem Leben anfangen, wenn du diesen Fluch nicht hättest?“, fragte ich.

Er lachte. „Was würde ich nicht tun? Ich würde zur Universität gehen, wahrscheinlich Architektur studieren. Ich würde die Welt bereisen. Chinesische Tempel besuchen, nach Rom, Prag, Budapest, Angkor Wat gehen. Es gibt nichts, was ich nicht mit meinen eigenen Augen sehen wollen würde. Aber was mich verfolgen würde, wenn ich mich in die Welt hinauswagen würde, bringt mich zu der weisen Entscheidung, lieber unter mein Bett zu kriechen und nie wieder herauszukommen.“

Da war es also. Er hegte viel größere Ambitionen und Wünsche, als er den Mut hatte sie zu verfolgen. Wegen Erfahrungen, die er nicht wiederholen wollte.

Ich nahm seine Hand. „Es tut mir leid, Jasher. Ich wusste nicht, was in dir vorgeht.“

Er drückte meine Finger fest genug, um mir weh zu tun. Ich konnte ihn jetzt als jemanden mit echten Verwundbarkeiten und Bedürfnissen sehen. Wir saßen einfach nur da und hielten uns an den Händen. Ich fühlte, wie sich eine glühende Wärme in meinem Bauch aufbaute, wie ein Atemzug, der sanft über heiße Glut blies.

„Ich wollte dich nicht belasten“, flüsterte Jasher.

Ich schüttelte den Kopf. „Es gibt keine Freundschaft ohne Ehrlichkeit.“ Ich zuckte die Achseln. „Das habe ich jedenfalls einmal gelesen.“

Er kicherte und drehte meine Hand um, streichelte meine Handfläche mit seinem Daumenballen. Er schaute mir in die Augen. Er hob die andere Hand und zeichnete mit dem Finger meinen Wangenknochen nach. Mein Puls beschleunigte sich bei seiner Berührung. „Und was ist mit dir, Georjie? Was willst du? Warum bist du hierhergekommen?“

Ich atmete tief ein. Ich hatte nicht erwartet, dass er mich das so unverblümt fragen würde. „Nach Irland zu kommen war ein Zufall“, antwortete ich. Mein Blick fiel von seinen Augen auf seine Lippen. „Aber es fühlt sich nicht wie ein Zufall an ...“

„Nein“, sagte er. „Es war kein Zufall.“ Er küsste meine Schläfe und legte seinen Arm um mich. Ich legte meinen Kopf an seine Schulter und verschränkte meine Finger in seinen. Die Geräusche der Nacht umschlossen uns. Das Zirpen und Summen von Insekten, der Ruf einer Eule. Wir teilten ein Geheimnis, das, soweit wir wussten, mit niemand anderem geteilt werden konnte. Man könnte meinen, dass es die perfekte Zeit und der perfekte Ort für einen Kuss gewesen wäre. Faith war weg, wir befanden uns allein im Haus in einem mondbeschienenen Gewächshaus voller Feenkokons. Aber wir küssten einander nicht.

Denn der Moment, den wir teilten, war mehr als einfach nur romantisch. Er war spirituell.

Kapitel 17

Der Abend dämmerte. Der Tag war feucht und dunstig gewesen, der heißeste seit meiner Ankunft. Wir hatten gegessen, das Geschirr abgespült und jetzt versank das Haus in Gemütlichkeit. Ich war gerade aus der Dusche gekommen und hatte meine Haare in ein Handtuch gewickelt, als ein paar Feennamen in mein Bewusstsein klimperten. Ich schüttelte den Kopf und dachte, ich hätte sie mir eingebildet.

Schnelle Schritte erklangen auf der Treppe. „Georjie, bist du hier oben?", rief Jasher.

Ich steckte den Kopf aus der Tür. „Im Badezimmer. Was ist denn los?"

Weitere Feennamen schlichen sich in mein Bewusstsein.

„Es beginnt!"

„Ich bin gleich unten!" Ich zog Kleidung über meine noch nasse Haut und rannte dann so schnell die Treppe hinunter, wie Jasher sie hinaufgelaufen war. Immer mehr Namen wurden mir zugeflüstert, ein aufgeregtes Geraschel.

Jasher saß an der gleichen Stelle, an der er gesessen hatte, als wir die Mondkokons beobachtet hatten, mit den Beinen zur Terrassentür hinaus, auf der obersten Stufe.

„Wollen wir nicht näher hin?" Ich ließ mich neben ihn plumpsen.

Er schüttelte den Kopf. „Wenn sie erst einmal angefangen haben, werden wir hier die beste Aussicht haben.“

Also saßen wir und warteten. Zuerst geschah nichts. Doch nach einer Weile sah ich einen kleinen Blitz aus weißem Licht aus einem der Kokons dringen. Dann einen zweiten und einen dritten. Langsam ging die Sonne unter, und je schwächer sie wurde, desto heller wurden die funkelnden Lichter. Das sich langsam verdunkelnde Gewächshaus verwandelte sich in unser persönliches Sonnensystem. Es begann langsam, aber schon bald erschienen die Lichter schneller, als wir sie nachverfolgen konnten. Die Namen, die leise in meinem Kopf ertönten, wurden zu einem endlosen Strom von Geflüster, als die Feen sich mir vorstellten.

„Kannst du sie hören?“, fragte ich.

Er schüttelte den Kopf. „Aber du?“

Ich nickte, aber war zu verblüfft, um mehr zu sagen. Der Anblick der schlüpfenden Feen war besser als jede Laserlichtshow. Helle Streifen schossen durch das Gewächshaus wie winzige Sternschnuppen.

„Ich frage mich, warum sie nicht davonfliegen“, sagte Jasher plötzlich. „Sie fliegen sonst immer davon.“

Ich stand auf und ging ins Gewächshaus. Ich wollte näher bei ihnen sein. Ich blieb unter der

Kuppel stehen, die Jasher geöffnet hatte, damit die Feen entschwinden konnten. Überall um mich herum blinkten Lichter. Jasher gesellte sich zu mir und wir standen schweigend unter der offenen Kuppel. Als die blinkenden, schwirrenden Lichter plötzlich erloschen, sahen wir uns überrascht an.

Doch als ob jemand einen Lichtschalter betätigt hätte, leuchteten plötzlich Tausende von winzigen Feen auf. Die Wesen waren so klein, dass ich nur ihr Leuchten und das Flattern ihrer Flügel wahrnehmen konnte. Die Feen begannen sich um uns zu drehen und erzeugten zunächst einen Zylinder aus sich drehenden Lichtern, aber bald darauf zerbrachen sie in zwei wirbelnde Linien – eine Doppelhelix. Es war wie ein animierter DNA-Strang, den ich einmal in einem Video im Biologieunterricht gesehen hatte.

Jedes Haar auf meinem Körper richtete sich auf. Jasher und ich standen in der Mitte zweier geschwungener Lichtspiralen. Energie klimperte in der Erde unter uns. Die Wirkung war hypnotisierend. Ich spürte den sanften Wind, den die Feen erzeugten, auf der Haut.

Jasher trat näher und nahm mich in seine Arme und wir standen ineinander verschlungen da. Seine Wärme umhüllte mich. Und so natürlich, wie sich alle Magie um uns vollzog, beugte er sich zu mir hinab und küsste mich. Einfach so. Seine warmen Lippen verschmolzen mit meinen und mein Körper sank gegen ihn. Es war kein tiefer, leidenschaftlicher Kuss; eher ein süßer, sanfter Kuss. Ich hielt meine Augen offen, denn ich wollte die Lichter nicht verpassen. Auch er ließ seine Augen offen. Die Feenlichter reflektierten sich in seinen schwarzen Pupillen. Ich betrachtete ein Universum von Sternschnuppen in seinen Augen.

Jasher beendete den Kuss, bevor ich ganz bereit war. Er zog sich zurück und hob eine Hand, um mein Gesicht zu berühren.

„Du bist es“, sagte er, so leise, dass ich es fast nicht hörte. Seine Arme spannten sich um mich und drückten mich an seine Brust.

„Was meinst du damit?“, flüsterte ich.

Er ließ mich los und trat zurück. Die Feen trennten sich von ihm, als er sich zurückzog, dann schlossen sie sich wieder um mich. Die funkelnde Doppelhelix schien nicht enden zu wollen. Ich wusste nicht, was ich tun sollte, also breitete ich einfach meine Arme aus. Die Lichter begannen die Doppelhelix zu verlassen und auf mir zu landen. Ein warmer Rausch ging durch mich hindurch und mein Herzschlag verdoppelte sich. Federleichte Berührungen ließen mich erschaudern. Lichter schwebten vor meinem Gesicht und landeten dort, zwinkerten mir auf die Wangen und verwischten meine Sicht.

„Jasher“, keuchte ich und suchte nach ihm. Ich konnte ihn kaum sehen. Die funkelnden Lichter so nah an meinen Augen ließen ihn dunkel und verschwommen werden.

„Georjie." Jasher klang ehrfürchtig.

Ich hielt meine Hände vor mich. Mein gesamter Körper war von Feen umhüllt. Ich war eine menschliche Form aus Licht. Ich wagte es kaum, zu atmen.

„Was passiert hier?", hauchte ich.

„Frag sie", sagte Jasher. „Rasha hat dir ihren Namen gesagt, vielleicht sagen sie dir, was sie wollen."

„Kann ich euch helfen?", fragte ich also die Feen und schaute auf die Lichter.

Die Feen antworten in meinem Kopf. Alle gleichzeitig. Es waren tausende Stimmen.

Weise. Weise. Weise. Weise. Weise. Weise. Weise.

„Was sagen sie?", fragte Jasher.

Ich schaute verwirrt auf. „Nichts, was Sinn ergibt."

Die Feen erhoben sich und bildeten einen Strudel aus Licht. Dann flogen sie nach oben und verließe das Gewächshaus durch die Kuppel.

Der magische Moment war so unerwartet vorbei, dass ich mich beraubt fühlte und mir wünschte, ich hätte besser aufgepasst.

Dennoch. Jeder Name, den ich an diesem Abend gehört hatte, war für immer in mein Gedächtnis eingebrannt. Ich hätte jeden einzelnen aufschreiben können.

Selbst Jahre später noch.

Kapitel 18

Ich trat aus der Bibliothek von Ana County und auf die Steintreppe, die hinunter zum Marktplatz führte. Seit die Feen geschlüpft waren, hatte ich begonnen nach Antworten zu suchen. Nach Hinweisen. Ich wollte wissen, was diese Wesen von mir gewollt hatten und warum sie mich „weise" genannt hatten.

Bislang war meine Suche allerdings fruchtlos geblieben. Ich hatte einige wunderschöne Bilder gesehen, von denen einige vielleicht von Künstlern gemalt worden waren, die tatsächlich wussten, wie Feen aussahen, aber die meisten Schriften und Bilder von Feen waren nichts als Märchen.

Ein Mann ging um die Ecke der Bibliothek und riss mich aus meinen Gedanken. Ich hatte ihn schon einmal gesehen, aber es dauerte einen Moment, bis ich ihn einordnen konnte. Es war Brendan, der Mann, den Faith und ich an meinem ersten Tag vor dem Supermarkt getroffen hatten. Ich schloss meine Augen. Er bewegte sich genau wie der Mann, den ich am Abend der Party auf der Straße gesehen hatte, und trug sogar dieselbe Mütze. Er sah schrecklich aus, viel schlimmer als damals, als ich ihn zum ersten Mal gesehen hatte, und vor allem viel magerer. Dunkle Tränensäcke lagen unter seinen Augen und ein fleckiger Bartwuchs verlieh ihm ein ungewaschenes Aussehen. Er sah wütend aus, so wie ein unterernährter Bär, der gerade aus dem Winterschlaf aufgewacht ist und feststellt, dass er hungrig ist.

Brendans Augen verwandelten mein Blut zu Eis. Aus seinem Blick sprach Wahnsinn. Er fletschte die Zähne, als er vorbeiging, schlurfend, als hätte er eine kaputte Hüfte. Bei unserer ersten Begegnung hatte er nicht so gehumpelt.

Ich stand still, denn ich wollte seine Wut nicht auf mich ziehen. Aus den Augenwinkeln beobachtete ich, wie er sich auf den Weg zur Kreuzung machte. Als er den Bordstein erreichte, kam ein Fußgänger um die Ecke der Bibliothek und die beiden stießen gegeneinander.

Doch es war nicht der plötzliche Aufprall, der mich aufkeuchen ließ. Es waren die drei dunklen fledermausähnlichen Kreaturen, die aus Brendans Körper flogen. Sie flatterten wild um die beiden Männer herum. Doch keiner der beiden schien sie wahrzunehmen. Ich aber sah sie ganz deutlich. Die drei dunklen Gestalten wirbelten durch die Luft, sahen desorientiert aus und verschwanden dann wieder in Brendans Körper. Ohne Entschuldigung stapfte er fort. Der Fußgänger richtete seinen Hut und seine Jacke, murmelte etwas und ging weiter. Er hatte offenbar nicht gesehen, was ich gesehen hatte.

Ich holte tief Luft und starrte Brendan hinterher.

Die Kreaturen waren mir so klar wie der Tag erschienen, aber niemand sonst auf dem belebten

Platz schien etwas bemerkt zu haben. Brendan bog um die Ecke; erst als er außer Sichtweite war, merkte ich, dass ich schwitzte wie ein zum Tode Verurteilter, dem soeben die Schlinge um den Hals gelegt wurde. Sicherlich waren diese Kreaturen nicht echt gewesen? Andererseits, Feen waren echt.

„Ist alles in Ordnung, Miss?“

Ich drehte mich um und sah einen dünnen Mann, der eine Tüte mit Lebensmitteln in einem Arm trug. Ich erinnere mich nicht, dass ich mich hingesetzt hatte, aber jetzt saß ich auf den Stufen vor der Bibliothek. Ich schluckte schwer.

„Ich bin okay“, sagte ich hastig. Aber das war eine Lüge.

„Dann noch einen schönen Tag, Miss.“ Er nickte mir zweifelnd zu, ehe er ging.

Mein Telefon zirpte und ich fischte es aus meiner Tasche. Ich brauchte eine Sekunde, um den Namen zu registrieren, was ein wirklich schlechtes Zeichen war, denn es handelte sich um Liz.

Ich schloss meine Augen und neigte meinen Kopf nach hinten. Ich brauchte Geduld.

Seit die erste Fee geschlüpft war, hatte ich kaum einen Gedanken an sie verschwendet. Ihren Namen zu sehen, erinnerte mich daran, dass ich noch eine Mutter hatte. Doch obwohl ich nicht viel an sie gedacht hatte, belastete mich meine schlechte Beziehung zu ihr immer noch.

„Hallo“, antwortete ich, mein Herz schwer vor

Angst. Ich wollte nicht mit ihr sprechen. Aber blieb mir eine Wahl?

„Hallo, Püppchen!“, drang ihre Stimme begeistert aus dem Telefon. „Wie geht es dir? Wie läuft es in Irland?“

Ich hab gerade Dämonenfledermäuse aus einem Mann herausfliegen sehen. Und Feen kann ich auch sehen. Hast du jemals eine Fee gesehen, Liz?

„Gut“, sagte ich stattdessen.

„Was machst du gerade?“, fragte sie.

„Ich erledige gerade ein paar Besorgungen.“ Meine Stimme klang schnippisch. Ich konnte mich nicht beherrschen.

„Wie ist Jasher so? Kommt ihr miteinander zurecht?“ Ihre Stimme klang irgendwie höher als sonst. Unüblich für Liz.

„Er ist großartig. Hör mal, ich bin gerade dabei, nach Hause zu radeln, können wir ein andermal sprechen?“

„Oh.“ Klang sie enttäuscht? Das war noch seltsamer. Hatte sie mir etwas zu sagen?

„Was ist denn los?“, fragte ich. „Ist alles in Ordnung?“

„Ja, alles ist in Ordnung. Ich will ich dich nicht aufhalten. Ich habe nur ...“ Liz machte eine so lange Pause, dass ich kurz dachte, sie hätte aufgelegt. „Ich vermisse dich.“

Ich blinzelte. Sie tat was? Ich konnte mich nicht daran erinnern, wann ich solche Worte jemals von ihr gehört hatte. Sie klangen so seltsam in meinen Ohren, als hätte sie eine fremde Sprache gesprochen.

Ich zwang mich, die angemessene Antwort zu geben. „Ich vermisse dich auch, Liz. Ich muss aber wirklich los. Danke für deinen Anruf."

„Ok, ruf an, wenn du kannst. Ich liebe dich."

Mit offenem Mund starrte ich mein Telefon an.

Liz und ich hatten nicht mehr ‚Ich liebe dich' zu einander gesagt seit ... wann? Nie!

Ich hörte ein Piepen. Sie hatte aufgelegt.

Ich schob mein Handy weg und die Erinnerung an die Fledermauswesen verdrängte alle weiteren Gedanken an Liz wieder. Benommen ging ich zu meinem gelben Citybike, schloss es auf, schwang ein Bein darüber und trat in die Pedale.

Kapitel 19

An diesem Nachmittag fand Jasher mich auf der Rückseite des Grundstücks. Ich wollte mir die Brücke genauer ansehen, also nahm ich meine Kamera mit nach draußen, um ein paar Fotos zu machen. Jasher war für seine Mittagspause in die Einfahrt gefahren und ich winkte ihm zu. Er kam über den Rasen geschlendert, um sich mir anzuschließen. Wir hatten einander seit unserem Kuss nicht mehr gesehen. Als er sich näherte, wurden meine Finger ein wenig klamm. Würden die Dinge zwischen uns jetzt unangenehm werden?

Doch er sah entspannt aus. Und ein wenig rosa von der Sonne. „Guten Morgen, Georjie", sagte er. „Wie hat unser von den Feen erwähltes Mädchen letzte Nacht geschlafen?"

„Ha!", gab ich ein sarkastisches Lachen von mir. „Sehr lustig." Ich hatte mich gebückt, um ein Foto zu machen, und stand jetzt auf. „Hast du das gebaut?" Ich zeigte auf die rustikale alte Brücke. Sie war grob behauen, mit einem kurzen Bogen, der über einen flachen, plätschernden Bach führte.

„Nein, die steht hier wahrscheinlich schon seit hundert Jahren", sagte er. „Ich bin mir nicht sicher, welcher deiner Vorfahren sie gebaut hat, aber sie haben gute Arbeit geleistet. Sie ist vielleicht kein Kunstwerk, aber stabil."

Wir gingen zusammen auf die Brücke zu. Das gab

mir die Gelegenheit das Thema anzusprechen, das mir schon seit Stunden nicht mehr aus dem Kopf ging.

„Hast du jemals etwas anderes als Feen oder Geister gesehen?“, fragte ich.

Er runzelte die Stirn. „Was denn zum Beispiel?“

Ich zuckte die Achseln. „Ich weiß nicht. Dämonen?“

„Was, wenn ja?“

Ich sah ihn neugierig an. Er klang noch verschlossener als sonst und schien nicht interessiert zu sein mehr zu verraten. Plötzlich dachte ich an meine Freundin Akkio, die auch oft verschlossen war. Wann immer ich Akkio dazu bringen wollte sich zu öffnen, musste ich mich zuerst selbst verletzlich machen.

Ich räusperte mich. „Ich habe etwas gesehen.“

Er hob die Augenbrauen. „Was?“

Ich erzählte ihm von den Fledermäusen. Ich wusste, wenn mir jemand glauben würde, dann Jasher.

Er hörte mir aufmerksam zu und griff sich dann nachdenklich ans Kinn. „Nein, so etwas habe ich nie gesehen“, sagte er schließlich. „Ich habe einige Geister gesehen, die dämonisch zu sein schienen. Sie fliegen nicht wie Fledermäuse herum, aber sie sehen sicher nicht aus wie etwas, das ich in einem Skizzenbuch verewigen möchte.“

Mein Verstand blieb an dieser Aussage hängen.

„Warum zeichnest du die Feen eigentlich?“, fragte ich. „Ich meine, abgesehen davon, dass sie schön sind und man sie nicht fotografieren kann?“

Er sah mich überrascht an. „Ich dachte, das weißt du.“

„Nein, warum sollte ich?“ Wir traten auf die Brücke und lehnten unsere Ellbogen auf das Geländer. Der Bach plätscherte fröhlich unter uns.

„Deine Familie hat seit anderthalb Jahrhunderten Feen gezeichnet. Vielleicht länger“, sagte Jasher.

Ich sah ihn verwirrt an. „Was?“ Das war mal wieder einer dieser Momente, in denen ich mich von Liz im Stich gelassen fühlte. Sie hatte mir nie von so einer Tradition erzählt. Was hatte sie mir sonst noch über Irland und unsere Familie verschwiegen?

„Oben in der Bibliothek gibt es einen Schrank, der randvoll mit Skizzenbüchern ist. Ich kann nicht glauben, dass du das nicht wusstest. Du hast sie nie gesehen?“

Ich schüttelte den Kopf und stand plötzlich steif wie ein Brett da. Etwas hatte in meinem Hinterkopf zu vibrieren begonnen. Ich wollte diese Zeichnungen sehen.

„Ein paar Jahre, nachdem Faith mich adoptiert hatte“, erzählte Jasher und lehnte sich gegen das Geländer, „stieß ich in der Bibliothek auf die Skizzenbücher. Ich sprach Faith auf sie an. Denn ich wusste nicht, dass jemand außer mir Feen sehen konnte. Offensichtlich konnten es viele in deiner Familie.“ Jasher lächelte und trat näher. „Schau dich an. Du bist verblüfft.“

„Ein wenig“, gab ich zu.

„Ich kann mir vorstellen, was du heute Nachmittag machen wirst.“ Er schob seine Finger unter mein Kinn und neigte mein Gesicht zu sich. Dann legte er einen sanften Kuss auf meine Lippen. Ich küsste ihn zurück, aber ich war abgelenkt von dem, was er mir gerade erzählt hatte.

Er zog sich zurück und ließ seine Hand fallen. „Du findest sie in dem alten weißen Schrank, dem mit den Glastüren und den Messingknöpfen.“

„Okay“, hauchte ich.

Als wir uns umdrehten und die Brücke verließen, stolperte ich. Mein Flip-Flop rutschte weg und mein nackter Fuß landete im Gras. Plötzlich fühlte es sich an, als ob Wurzeln aus der Sohle meines Fußes schossen und tief in die Erde eindrangen. Entsetzt fiel ich hin.

„Geht es dir gut?“ Jasher griff mir unter die Arme, um mir hochzuhelfen.

Ich errötete, dann überspielte ich den Vorfall mit einem Lachen, aber ich rieb unbehaglich über meine Fußsohle. Keine Wurzeln. Alles schien wie immer.

Aber was hatte ich gespürt?

Nach dem Mittagessen, als Jasher sich bereit machte, wieder zur Arbeit zu gehen, fragte er: „Wer wurde von diesen Dämonen, die du gesehen hast, geplagt, Georjie? Jemand in der Stadt?“ Wir waren in seiner Werkstatt. Jasher saß auf der Bank und zog seine stahlzahnigen Arbeitsstiefel an.

Ich nickte. „Ein Mann namens Brendan. Ich habe ihn an meinem ersten Tag getroffen ...“

Jashers Gesicht fror ein.

„Was ist?“, fragte ich.

Er sah mich stumm an.

Ich legte eine Hand auf seine Schulter. „Kennst du ihn?“

„Ja.“ Er bückte sich, um sich die Stiefel zuzubinden. „Aye, ich kenne ihn.“ Er stand auf und setzte seine Baseballmütze auf. Er zog sie tief über seine Locken herunter, als wollte er verbergen, wie blass er geworden war.

„Brendan ist mein Vater“, sagte er und ging zur Tür hinaus.

Kapitel 20

Die Bibliothek im Haus vermittelte mir ein Gefühl von längst vergangenen Gesprächen über Politik, von Büchern, die im Kerzenschein gelesen worden waren, und von Tagträumen an langen Winternachmittagen am Kamin. Zwischen den Fenstern und auf beiden Seiten des Kamins standen wuchtige Bücherregale. Die antiken Möbel waren um den Kamin herum angeordnet, und ein alter Snookertisch befand sich unter einem Ölgemälde meiner Großeltern. In der Ecke stand eine kunstvoll verzierte, uralte Bibel und Schwarzweißfotos, gepresste Blumen und gerahmte Zeitungsausschnitte und Zeichnungen zierten die Wände. Über dem Kamin hing der Stammbaum der Familie Sheehan.

Ich ging direkt zu der weißen Vitrine, von der Jasher gesprochen hatte, und öffnete die Glastüren. Eine lange Reihe von titellosen Buchrücken starrte mich an. Die Bücher hatten alle unterschiedliche Größen und Farben und befanden sich in verschiedenen Stadien des Verfalls. Ich griff nach irgendeinem Buch und öffnete es.

Schon das erste Bild zeigte eine Fee. Eine zierliche gelbe Gestalt mit hauchdünnen Flügeln. Ihre Gliedmaßen waren über ihren Körper gekrümmt und ihr Gesicht sah schläfrig aus, so als würde sie gleich gähnen. Das Bild war absolut lebensecht und ich glaubte Jashers Stil wiederzuerkennen.

Während ich durch die Seiten blätterte, nahm das Tosen des Windes zu und das Licht, das durch die Fenster kam, nahm ab. Ich legte Jashers Skizzenbuch zurück und inspizierte den Schrank. Die Bücher auf der rechten Seite sahen altersfleckig aus, voller Staub und ausgefranst an den Rändern. Ich griff nach einem Band in der Mitte des Regals.

Auch dieses Buch zeigte Feen, aber sie stammten eindeutig von einem anderen Künstler. Der innere Einband war mit 1943 datiert. Dieses Kunstwerk war in Aquarellfarbe gemalt worden, und nicht so meisterhaft wie die von Jasher. Ich blätterte zur ersten Seite und suchte nach dem Namen des Künstlers. *Syracuse Sheehan.*

Syracuse war mein Urgroßvater gewesen und schon lange vor meiner Geburt gestorben. Ich schloss das Buch und zog ein anderes, sehr alt wirkendes hervor. Die Seiten waren mit den Jahren weich geworden. Das Datum auf dem inneren Einband lautete 1928. Dieser Künstler hatte ein herausragendes Talent besessen. Ich blätterte auf die Titelseite und suchte nach einem Namen. *Mailís Stiobhard.* Ich hatte diesen Namen noch nie zuvor gehört. Sie hatte nur ihren Bleistift verwendet. Aber die Schattierungen waren meisterhaft. Ich nahm das Skizzenbuch zum Sofa neben dem Kamin mit und setzte mich hin. Ich blätterte durch jede Seite, hingerissen von der Perfektion der Zeichnungen. Gänsehaut kroch über meine Kopfhaut. Hier trug jedes Porträt einen Namen.

Es gab noch mehr Skizzenbücher, die älter aussahen als dieses. Ich schaute sie mir alle an. Mein Staunen nahm von Bild zu Bild zu. Jeder Künstler hatte seinen eigenen Stil: Bleistift, Feder und Tinte, Aquarellfarbe, Kreide. Ich zog das Skizzenbuch am weitesten links heraus, vermutlich das älteste, und öffnete es. Auf der Innenseite des Umschlags war oben rechts das Jahr 1867 notiert.

Als ich mich der ersten Zeichnung zuwandte, kamen meine Träume mit voller Wucht zu mir zurück. Ich riss die Augen auf, und zugleich verschwamm meine Sicht, als ich mich erinnerte. Ich keuchte.

Lange saß ich einfach nur da und erinnerte mich an die Details meiner Träume. Es war, als ob in diese Ecke meines Gedächtnisses plötzlich eine Taschenlampe leuchtete. Als ich endlich wieder gefasst genug war, um durch das Buch zu blättern, erkannte ich jede einzelne Zeichnung wieder. Schwarz umrissen und mit farbiger Tinte ausgefüllt, sprangen mir die Bilder aus meinem eigenen Gedächtnis entgegen. Neben diesen Skizzen waren keine Namen geschrieben – dennoch kannte ich sie.

„Eda“, flüsterte ich, als ich das vertraute Porträt betrachtete. Das Gesicht der Fee schien so lebendig. Ich blätterte die Seite um, wusste aber schon, was ich sehen würde. „Po.“ Ich machte weiter. Sie waren alle da.

Tera. J'al. Mehda.

Sie kamen in der gleichen Reihenfolge wie in meinen Träumen.

„Oka. Iri. Bohe. When.“ Ich sprach die letzten vier Namen laut aus.

Ich schaute auf und musterte das Durcheinander von Porträts und Gegenständen an der Wand in der Nähe des Kamins. Mein Blick fand, was ich suchte: den auf Pergament gezeichneten Stammbaum. Er war von einer Ansammlung von Fotos umgeben. Ich erkannte keines der Gesichter an der Wand außer denen meiner Großeltern, die aus einem schwarzweißen Hochzeitsfoto lächelten. Sie hatten 1946 geheiratet. Tante Faith war erst achtzehn Jahre später, 1964, auf die Welt gekommen. Dann Liz 1967.

Ich suchte nach dem Namen der Künstlerin, die für die Zeichnungen verantwortlich war, die ich aus meinen Träumen kannte. Sie hieß Biddy. Ich fand sie. Sie hatte von 1822 bis 1892 gelebt. Vor mehr als hundert Jahren … Deutlicher denn je spürte ich, was Zeit bedeutete. Was es hieß, dass Menschen vor mir gelebt hatten wie ich jetzt, in diesem Augenblick. Und dass nach mir andere kommen würden.

Für einen Moment war ich von diesem Gedanken so ergriffen, dass ich die Augen schließen musste.

Dann sah ich mir weitere Zeichnungen an. Als ich das letzte Buch endlich geschlossen hatte, blieb ich eine Weile reglos sitzen. Es gab keinen Zweifel mehr. Meine Vorfahren hatten Feen sehen können und sie seit hundertfünfzig Jahren gezeichnet, und wenn es nicht noch mehr Skizzenbücher gab, hatte ich von den ersten Feen geträumt.

Basierend auf der Vielfalt der künstlerischen Stile vermutete ich, dass mindestens fünf verschiedene Künstler ihren Teil dazu beigetragen hatten, dieses ... Archiv zu erstellen. Waren alle Feen in Sarasborne geschlüpft? Wahrscheinlich. Dieses Haus war zweihundert Jahre alt.

Es waren Biddys Kunstwerke gewesen, von dem ich geträumt hatte, aber nur eine Künstlerin, Mails, hatte die Namen der Feen aufgeschrieben. Vermutlich war sie die Einzige gewesen, die die Feen hören konnte. Die Einzige neben mir.

Ich ging zurück zum Stammbaum und suchte nach Mailís Namen. Ich fand sie in der gleichen Zeile wie Padraig und Niamh, mein Großvater und seine Zwillingsschwester. Aber die Linie mit ihrem Namen reichte bis zur Seite, fast so, als wäre sie nachträglich eingefügt worden. *Mailís Stiobhard-Sheehan. 1903 –1935.*

Ich runzelte die Stirn. Warum hatte sie nur so ein kurzes Leben geführt? Es handelte sich bei ihr um eine viel ältere Halbschwester meines Großvaters – gleiche Mutter, anderer Vater.

Ich sah mich in der Bibliothek um und entdeckte die Bleistiftzeichnung einer dunkelhaarigen Frau in einem Kleid mit Chevron-Muster. Sie saß auf einem Stuhl vor einem Kamin. Ich schaute zu der Feuerecke in der hinteren Wand hinüber und bemerkte die Schnörkel in der Mitte des Holzes. Es handelte sich um *diesen* Kamin.

Die Augen der Frau waren weich und dunkel. Ihr Ausdruck zeigte weder ein Stirnrunzeln noch ein Lächeln. Ihre Blick schien sich an meinen zu klammern, egal wo ich stand. Ich kam näher hin und blies den Staubfilm vom Glas. Ihr Haar war im Nacken zusammengebunden und sie hatte den gleichen Höcker auf ihrem Nasenrücken wie mein Großvater Padraig. Ich hielt mir einen Finger an die Nase. Auch ich hatte die Erhebung, wenn auch kleiner, wie ich hoffte. Ich zog den kleinen Rahmen von der Wand und drehte ihn um. Jemand hatte auf die Rückseite geschrieben: *Mailís Stiobhard-Sheehan. Selbstporträt. 1929.*

Sie war nur sechs Jahre später gestorben.

Jeder Künstler mit Ausnahme von Jasher war ein Blutsverwandter von mir gewesen. Ein Schauder überkam mich und ich zog meine Strickjacke zu. Es konnte kein Traum gewesen sein. Kein Traum konnte so genau sein.

Ich wandte mich wieder den Zeichnungen zu. Ich brauchte Antworten, und ich fühlte instinktiv, dass sie bei Mailís lagen. Also durchstöberte ich die

Regale der Bibliothek auf der Suche nach allem, was Antworten enthalten könnte. Ein halbes Dutzend Papierschnitte später stieß ich auf Gold. Ein kleines schwarzes Buch, versteckt in einem Stapel von anderen Tagebüchern und Memoiren, die genauso aussahen.

Die Titelseite war in zarter Handschrift geschrieben. Tintenspritzer trübten sich über den feinen, wuscheligen Buchstaben: *Mailís Stiobhard.*

Kapitel 21

Draußen tobte immer stärkerer Wind und peitschte Regen gegen die Fenster. Hastig räumte ich die Bibliothek wieder auf, ehe ich nach unten ging und mir einen Tee machte. Ich kroch mit meinem Fund in die Küchenecke und begann zu lesen.

Was ich gefunden hatte, war nicht wirklich ein Tagebuch, eher der Arbeitsplan einer Künstlerin. Die Seiten waren gefüllt mit Zeichnungen von Menschen und Tieren. Ihre Geschicklichkeit mit dem Bleistift brachte mich zum Staunen. Obwohl die Skizzen meist Kritzeleien waren, war es ein Vergnügen, sie anzuschauen.

Ich entdeckte das Gesicht einer Frau mittleren Alters, die eine Haube trug und sich neben einem Holzofen bückte. Die Tür des Ofens war offen und das Feuerlicht war so gut auf ihrem Gesicht und ihrer Kleidung zu sehen, dass ich fast das Knistern der Flammen hören konnte. Unter die Zeichnung stand ‚Mama' gekritzelt.

Ich stieß auf Zeichnungen eines Welpen und mehrere Studien einer Kuh, die sich umsah und bückte und die Schnauze leckte. Mailís entging kein Detail.

Ich stoppte, als ich auf das Porträt eines Mannes stieß. Sein dunkles Haar kräuselte sich unter seiner Mütze, und ein Schal war an seiner Kehle verknotet. Er lächelte nicht, aber irgendwie hatte sie trotzdem seine Zufriedenheit und sein Glück eingefangen. Es gab feine Linien, die auf sein Alter hindeuteten. Sie hatte ‚Da' unter die Zeichnung gekritzelt.

Was auch immer mit Mailís geschehen war, eines stand außer Frage: Sie hatte über außergewöhnliche Fähigkeiten verfügt. Durch diese Seiten zu blättern war wie Jahre künstlerischen Wachstums im Zeitraffer zu beobachten.

Sie experimentierte mit verschiedenen Techniken. Benutzte kreisförmige Kritzeleien, um ein Bild einer Landschaft zu zeichnen, schraffierte das Porträt einer jungen Frau namens Irene, sogar ein Aquarell eines Rotkehlchens – das erste farbige Bild. Nach diesem Bild fand ich einen schriftlichen Eintrag. Es fühlte sich an, als wären die Worte nur für mich geschrieben worden: *Letzte Nacht hatte ich einen seltsamen Traum, und er war nicht der erste seiner Art.*

Die Haare in meinem Nacken richteten sich auf. Plötzlich konnte ich nicht schnell genug lesen.

Ich habe lange gebraucht, um mich daran zu erinnern, aber jetzt, wo ich es tue, sehe ich meine Träume direkt vor mir. Ich träumte von einem Bücherregal voller Skizzenbücher. Es war voll mit Zeichnungen von Feen. In meinem Traum kannte ich die Namen und sagte sie laut, einen nach dem anderen.

Mein Herz klopfte gegen mein Brustbein, als ob es versuchte zu entkommen.

Jedes Mal, wenn ich einen Namen rief, spürte ich einen warmen Wind. Da war das Geräusch eines Ausatmens, während ich einatmete – während ich den Feenatem einatmete. Die Luft roch nach Moos und Leben. Mit jedem Einatmen sank ich tiefer und tiefer, bis meine Füße flach auf der Erde lagen.

Ich hielt mir eine Hand vor den Mund. Ich brauchte einen Moment, um das Gelesene zu verarbeiten. Aber ich konnte damit nicht umgehen. Das war ... verrückt. Ich starrte an die Decke und legte meine kalte Handfläche über mein Herz.

Mit zitternden Fingern nahm ich das Tagebuch wieder auf und blätterte um. Da war sie – die Zeichnung einer Fee. Die erste, die Mailís angefertigt hatte. Oben auf der Seite standen die Worte: *Ich verstehe.*

„Was verstehst du, Mailís?“, fragte ich laut.

Von da an verschwanden die Skizzen von Menschen und Tieren. An ihre Stelle traten Zeichnungen von Feen. Dann tauchten die Skizzen von Pflanzen auf. Die Skizzen der Pflanzen enthielten oft gekritzelte Notizen und gälische Namen.

Was auch immer mit mir geschah, es schien auch mit Mailís geschehen zu sein. Meine Angst begann sich aufzulösen, und Dankbarkeit für Mailís trat an ihren Platz. Ich blätterte die Seite um und fand einen weiteren geschriebenen Beitrag. Die Worte trafen mich wie Pfeile ins Herz:

Etwas geschieht mit mir. Ich kann Dinge fühlen, die ich noch nie zuvor gefühlt habe. Ich weiß Dinge, die ich vorher nicht wissen konnte. Ich kann es nur mit den Feen und meinen Träumen erklären. Ich entdeckte eine Pflanze, die ich nie zuvor in der Nähe der Quelle wachsen gesehen habe, ein duftendes Kraut namens Lus na Cnámh Briste. Sie stellte sich mir vor, als ich sie berührte. Durch die Ballen meiner Finger wusste ich alles über sie.

Ich wurde auch mit Fraochán bekannt gemacht, einer Beere, die mir sagte, dass man sie verzehren kann, um die dünne Membran, die das menschliche Gehirn umgibt, zu stärken und der Haut Elastizität zu verleihen. In dem Moment, als ich mit ihr in Kontakt kam, verstand ich sie. Was ich mit diesem Wissen anfangen soll, ist mir ein Rätsel. Es ist kein Geheimnis, dass ich bereits als wehmütige und zurückgezogene Jungfer angesehen werde, die die Natur der Gesellschaft von Menschen vorzieht. Ist es jetzt mein Schicksal, eine Kräuterhexe zu werden?

Fürs Erste behalte ich mein Wissen für mich und vertraue mich nur diesen Seiten an.

Ihre Grübeleien hörten auf und die Zeichnungen begannen wieder. Es dauerte einige Seiten, bis es wieder Worte gab: *Heute heilte ich mich von einem schmerzhaften Kopfschmerz. Ich wusste, dass Cohosh für so etwas zu gebrauchen ist. Ich ging, um einige Pflanzen zu sammeln und aus ihnen eine*

Tinktur herzustellen, aber als ich die Pflanze berührte, war ich in der Lage, die heilende Energie in mich hineinzuziehen. Ich konnte fühlen, wie sich meine Kopfschmerzen lösten. Ich weiß jetzt mehr. Ich bin eine Weise. Ich bin von den Feen auserwählt worden. Ich schäme mich, dass ich zuerst nicht daran geglaubt habe.

Eine Weise. Der Begriff vibrierte in mir. Das hatten die Feen zu mir gesagt, aber es hatte keinen Sinn ergeben. Jetzt tat es das. Weise war kein Adjektiv, es war ein Titel.

„Was ist eine Weise, Mailís?“, flüsterte ich. Ich blätterte weiter und fand mehr botanische Zeichnungen, mehr Studien von Feen. Ich übersprang die Zeichnungen, an die ich mich inzwischen gewöhnt hatte. Was ich brauchte, waren Informationen.

Frustriert stellte ich fest, dass der nächste Eintrag komplett das Thema wechselte: *Cousine Irene hat mich gezwungen, am Ana-Weihnachtstanz teilzunehmen, und nie war ich dankbarer dafür, gegen meinen Willen irgendwohin geschleppt zu werden. Ich habe die vornehmste Seele getroffen. Irenes Freund Eoin hat uns seinen Bruder, Cormac O'Brien, vorgestellt.*

Ich machte eine Pause. O'Brien? Warum kam mir der Name bekannt vor?

Ich las weiter. In den nächsten Einträgen schrieb Mailís über ihre Angst vor ihren eigenen Gefühlen.

Es war leicht zu erkennen, dass Mailís nicht an soziale Kontakte gewöhnt war, sondern dass sie sich aus ihrer Komfortzone wagte, um die Gesellschaft eines jungen Mannes zu genießen. Mehrere kryptische Phrasen waren inmitten von Zeichnungen von Pflanzen und Feen gekritzelt worden und schließlich die Bestätigung: *Ich bin verliebt.*

Mein Herz schmolz für sie. Diese Frau, deren Existenz mir vor dem Sommer völlig unbekannt gewesen war, bedeutete mir plötzlich so viel. Ihr Glück war mein Glück. Die drei einfachen Worte ließen mich Anteil an ihren Gefühlen nehmen.

Ich blätterte eine weitere Seite um und keuchte, als ich ein schwarzweißes Bleistiftporträt eines jungen Mannes sah. Dabei handelte es sich beinahe zweifellos um Cormac O'Brien. Sein Haar war nach der Mode der Zeit nach vorne gekämmt und vor seinen Ohren gelockt. Er trug einen hohen Kragen, der ihm bis ans Kinn reichte. Sein Haar war dunkel, beinahe schwarz. Er hatte hohe Wangenknochen, eine aristokratische Stirn und volle sinnliche Lippen mit einer winzigen Narbe auf der Oberlippe.

„Oh, Mailís“, stieß ich aus, als ich die dunklen Augen, die leicht arrogante Neigung des Kinns und die gebogene Nase betrachtete. Sie hatte die maskuline Schönheit seines Gesichtes perfekt eingefangen, aber auch seinen Geist. Er war distanziert, stolz, und ich konnte es nicht mit

Sicherheit sagen, denn es könnte nur die Wirkung der Narbe sein, aber ich fand, an seinem Mund zeigte sich ein Zug von Grausamkeit. Meine Gedanken wanderten zurück zu dem Selbstbildnis in der Bibliothek von Mailís in ihrem Chevronkleid, mit ihren weichen, verletzlichen Augen.

„Er ist nicht der Richtige für dich."

Kapitel 22

Am nächsten Morgen bewegte ich mich wie eine Schlafwandlerin. Ich hatte das Tagebuch nach dem Abendessen mit ins Bett genommen, damit ich weiterlesen und die Skizzen durchsehen konnte, aber ich war schnell eingeschlafen.

Der Regen weckte mich auf und ich fühlte mich den ganzen Morgen über benommen. Also zündete ich den Gasherd an und machte Tee. Während der Kessel allmählich zu zischen begann, öffnete sich die Hintertür und Jasher kam herein.

„Georjie? Bist du hier?"

„Ich bin hier, Jasher. Hast du etwas vergessen?"

„Ja, meinen Parka", lachte er. „Wenn du heute rausgehst, nimm deine Regenjacke mit. Es ist kalt und nass. Man könnte denken, es ist März. Oder Irland."

Ich schaute aus dem Fenster auf den grauen Himmel und den Nieselregen. Jasher schloss seinen Mantel.

„Wie arbeitest du bei diesem schrecklichen Wetter?", fragte ich.

„Ich arbeite heute im Schuppen." Er schnappte sich seine Baseballmütze und rammte sie sich auf den Kopf. „Liest du immer noch dieses Tagebuch?"

„Ja, tut mir leid, dass ich dich vernachlässigt habe. Es ist faszinierend."

Er lächelte. „Wir sind inzwischen wie ein altes

Ehepaar."

Der Wasserkessel begann hinter mir zu pfeifen. „Wo wir gerade davon sprechen", krächzte ich mit der heiseren, trockenen Stimme einer alten Frau. „Möchtest du etwas Tee, mein Schatz?"

Er lachte. „Du hättest Schauspielerin werden sollen. Ich hätte gern welchen. Aber nur, wenn er schon fertig ist, ich bin spät dran."

„Zwei Sekunden." Im Schrank fand ich eine hohe, schlanke Thermoskanne. Ich spülte sie mit heißem Wasser aus und schob zwei Teebeutel hinein. Ich schaltete den Brenner aus und füllte die Thermoskanne mit kochendem Wasser. „Milch?"

„Nur einen Spritzer", rief Jasher aus dem Nebenraum, wo er sich die Schuhe anzog. „Danke, Georjie. Du bist ein Segen!"

Ich lächelte, schnappte mir die Milch aus dem Kühlschrank und gab einen Spritzer in die Thermoskanne. Doch aus Versehen stieß ich die Thermoskanne mit der Milchflasche um. Kochend heißes Wasser spritzte auf meinen rechten Oberschenkel und auf mein Handgelenk. Ein Schmerzensschrei entfuhr meiner Kehle und ich ließ die Milch fallen. Tränen schossen mir in die Augen, als das heiße Wasser meine Haut versengte. Ich krümmte mich und biss die Zähne zusammen.

„Georjie!" Jasher rannte in seinen Stiefeln in den Raum und hinterließ eine Spur von Dreck auf dem nassen Boden. „Verdammt! Was ist passiert?" Ich fühlte seine Hand auf meinem unteren Rücken. „Geht es dir gut?"

Ich stand auf und drehte den Wasserhahn auf. „Verbrannt", wimmerte ich. Ich tränkte ein Spültuch in kaltes Wasser und drückte es an meinen Oberschenkel und hielt mein Handgelenk unter das fließende Wasser. Die Hitze ließ nach, aber der brennende Schmerz blieb. Ich kniff meine Augen zu.

„Du hast mich zu Tode erschreckt. So dringend brauche ich keinen Tee. Hier." Er öffnete den Schrank und zog eine Dose mit einem Stück Klebeband am Deckel hervor. Auf dem Klebeband stand in Faiths Handschrift *Lavendelsalbe*. Er drehte den Deckel auf. „Trag das auf. Es funktioniert."

„Danke. Du gehst jetzt besser. Tut mir leid wegen des Tees." Ich zwang mich zu einem schmerzerfüllten Lächeln. Ich musste meinen Oberschenkel untersuchen, aber ich wollte mir vor Jasher nicht die Hose ausziehen.

„Mach dir darüber keine Sorgen. Bist du sicher, dass es dir gut geht? Brauchst du einen Arzt?" Jashers Blick irrte zwischen meinem nassen Bein und meinem Gesicht hin und her.

Bilder von Männern in weißen Kitteln mit Nadeln tauchten in meiner Vorstellung auf. „Nein, so schlimm ist es nicht. Es wird für ein paar Tage weh tun, aber mehr auch nicht. Mach weiter."

„Ich hasse es, dich so zu verlassen."

Durch seine Sorge fühlte ich mich schon ein bisschen besser. „Es geht mir gut. Ich bin ein großes Mädchen. Mach weiter, Jasher. Ich sehe dich später."

Er nickte und drückte meine Schulter zusammen. Er klammerte sich an die Tür. „Äh ..." Er schaute auf die schlammigen Fußabdrücke hinunter.

„Ich werde saubermachen, mach dir keine Sorgen."

„Entschuldigung", sagte er und verschwand.

Ich blies mir eine Haarsträhne aus dem Gesicht und stellte das kalte Wasser ab. Die Haut an meinem Handgelenk war rot und rau, der Schmerz immer noch intensiv. Meine Hand zitterte. Mein Oberschenkel fühlte sich an, als hätte jemand die Seite eines rotglühenden Messers daran gehalten. Ich griff nach der Salbe, als mein Blick auf die Lavendelpflanze fiel, die auf dem Frühstückstisch in der Ecke stand.

Ich erinnerte mich an die Worte im Tagebuch. Also ignorierte ich die Salbe und machte einen Schritt auf die Pflanze zu. Ich streckte meine Hand aus, berührte ein Blatt und … schnappte nach Luft.

Die Pflanze leuchtete grün auf. Ein Lichtfaden wickelte sich durch jedes Blatt und jeden Stängel. Die heilenden Qualitäten der Pflanze erfüllten meinen Geist und eine Energie klimperte durch meine Finger, die jeden Nerv kribbeln ließ. Sie reiste bis hinunter zu meinen Fußsohlen. Ein Verlangen nach dem, was die Pflanze enthielt, stieg in mir auf. Ich war ausgehungert, bedürftig. Ich schöpfte Energie, fühlte, wie sich die chemischen Verbindungen vermehrten, während sie durch meine Zellen wanderten. Die Nerven in meiner Hand schwirrten wie Bienen. Das Summen wanderte durch mein Handgelenk, meinen Arm hinauf und in meine Wirbelsäule und Brust. Als es mein Herz traf, konnte ich fühlen, wie es von dort aus in meine Adern und in den Rest meines Körpers drang.

Die Schmerzen in meiner verbrannten Haut verschwanden. Ich nahm meine Finger von der Pflanze weg und keuchte. Das Licht der Pflanze verblasste, die summende Energie ließ nach und hinterließ ein angenehmes Pochen.

Ich fühlte mich wach. Ich fühlte mich lebendig.

Ich legte eine Hand über mein Herz und spürte sein schnelles Pochen. Ich lachte, dann bekam ich Schluckauf.

„Ich glaube, du bist meine neue Lieblingspflanze“, sagte ich zu dem Lavendel.

Ich schaute auf die Haut meines Handgelenks. Es war, als ob ich mich nie verbrannt hätte. Der einzige Beweis dafür, dass ich Tee verschüttet hatte, war der nasse Fleck auf meiner Hose. Ich ließ mich in einen Stuhl fallen. Meine Atmung verlangsamte sich. Ich betrachtete den Lavendel, der dort wohlwollend in seinem Topf saß. Er hatte mir alles gegeben und wirkte jetzt so unscheinbar, als wäre nie etwas zwischen uns vorgefallen.

Aber ich ... ich hatte mich vollkommen verändert. Ich schnappte mir das Tagebuch und öffnete es dort, wo ich am Abend zuvor aufgehört hatte.

Ich musste mehr wissen.

Kapitel 23

Es war der Begriff Erdelement, der mir am besten die Frage beantwortete, was ein Weiser ist. Ich bin verblüfft über meine neue Kraft. Mit einer einfachen Handvoll Erde bin ich in der Lage, ein Residuum vergangener Ereignisse zu sehen, fast so, als ob ich durch die Zeit reisen könnte. Alles, was ich tun muss, ist, den Boden zu bitten, mir seine Erinnerungen zu zeigen. Es scheint, dass diese Erinnerungen zurückbleiben, wenn Ereignisse unvollendet geblieben sind.

Als ich diese Worte las, lehnte ich mich nachdenklich zurück. Ein Erdelement. Der Regen prasselte gegen die Fensterscheiben, aber ich hörte ihn nicht. Ich hätte mir genauso gut Baumwolle in die Ohren gestopft haben können.

Ich legte das Tagebuch auf den Tisch und stand auf. Wenn Mailís eine Weise gewesen war, dann war ich ebenfalls eine. Ich sollte in der Lage sein zu tun, was sie beschrieben hatte.

Ich machte mir nicht die Mühe, eine Regenjacke anzuziehen. Ohne Verzögerung öffnete ich die Tür und ging nach draußen. Der Regen landete auf meinem Kopf und rollte mir in den Nacken und über die Nasenspitze. Unwillkürlich zog ich die Schultern hoch. Dann folgte ich dem steinernen Weg, meine Füße rutschten auf den nass werdenden Flip-Flops. Ich fühlte mich weder kalt noch heiß, weder aufgeregt noch ängstlich. Ich war innerlich sehr still geworden.

Ich überquerte den Rasen und ging in den Garten, wo der Boden am weichsten war. Mit geschlossenen Augen dachte ich an Mailís. Dann hockte ich mich hin und tauchte mit den Fingern in die Erde. Grub darin. Fühlte die lebendige Feuchtigkeit. Mit Erdklumpen auf den Handflächen stand ich wieder auf. Plötzlich tauchten Bilder von Mailís und Cormac vor meinem inneren Auge auf.

Sie sahen aus wie Figuren auf einem Fernseher mit schlechtem Empfang; dünne Linien verwischten ihre Ränder. Keine Geister, sondern Abdrücke menschlicher Energie. Sie hatten kein Bewusstsein, sie konnten mich weder hören noch sehen, sie hatten keine Fähigkeit zu reagieren. Aber ich konnte sie sehen.

Mailís trug das Chevron-Kleid, das ich mit ihr in Verbindung brachte. Sie war größer, als ich sie mir vorgestellt hatte, mit langen schlanken Gliedern und Händen. Sie ging über die Rückseite des Hofes, und an ihrer Seite befand sich die Gestalt eines großen Mannes mit dunklem lockigem Haar und breiten Schultern. Cormac. Sie unterhielten sich, aber ihre Worte waren tonlos. Ich musste von ihrer Körpersprache und ihrem Gesichtsausdruck das Thema ihrer Diskussion erraten. Sie gingen eng beieinander, Schulter an Schulter, aber sie berührten sich nicht. Mailís war Cormac leicht zugeneigt und sie sprach mit ihren Händen. Er betrachtete ihr Gesicht, wirkte vertieft in ihren Anblick. Mein Herz schlug schneller, als ich sah, wie sie über den Rasen gingen und auf die kleine Brücke traten.

Dort blieben sie stehen und sprachen. Sie waren einander zugetan, so viel war offensichtlich, und schließlich küssten sie sich. Genauso wie ich und Jasher vor ein paar Tagen. Cormac trat näher an sie heran, schlang einen Arm um ihre Taille. Er legte einen zarten Finger unter ihr Kinn und kippte ihr Gesicht nach oben. Vielleicht hatte er sie doch geliebt?

Ich ließ die Erde fallen, denn ich fühlte mich wie ein Voyeur. Die Vision verschwand. Ich ließ den Regen den Schmutz von meiner Hand spülen, während ich reglos dastand und das Gesehene verarbeitete.

Dann kehrte ich zum Haus zurück. Mein Geist war wie ein Wirbelwind. Ich bekam kaum mit, wie ich duschte und mich umzog. Gut, dass Jasher arbeiten musste und dass Faith weg war. Ich befand mich in einer Art Schock und brauchte Zeit für mich. Meine Hände waren ruhig, während ich mich abtrocknete und in Jeans und einen Kapuzenpulli kleidete. Ich zog ein dickes Paar Socken an und band mir die Haare zurück, ehe ich in die Küche hinunterging. Dort schnappte ich mir das Tagebuch von der Theke und rutschte wieder in die Sitzecke.

Ich bin keine, die zurückgehen und die

Vergangenheit ändern will. Was getan ist, ist getan. Aber wie hätte ich von mehr Zeit mit meinem Großvater profitieren können!

Ich erinnerte mich, ihr Großvater war Liam Stiobhard gewesen – einer der Künstler.

Alles, woran ich mich erinnern kann, ist, dass ein Weiser jemand ist, den die Feen mit der Macht begabt haben, die Natur innig zu kennen und aus ihr zu schöpfen, in manchen Fällen sogar, sie zu kontrollieren. Das Wissen, das ich mir aneigne, wächst täglich, aber bisher ist es auf Berührung beschränkt. Wie stark werden meine Fähigkeiten noch werden?

Meine Augen überflogen die nächsten Einträge, bei denen es nicht um ihre Kräfte ging, sondern darum, dass sie sich in Cormac O'Brien verliebt hatte. Wochen vergingen ohne Eintrag, dann erschien die Zeichnung einer Pflanze mit starken Auswirkungen auf den menschlichen Körper. Schließlich ein Eintrag, der ihre Liebe zu Cormac betraf: *Unsere Leidenschaft scheint grenzenlos zu sein. In einem Alter, in dem die meisten Frauen schon zahlreiche Kinder geboren haben, habe ich endlich meine Liebe gefunden. Meinen Partner. Ich spüre tief in meinen Knochen, wie sehr er mich liebt. So wie ich mit meinen Fingerspitzen eine Pflanze lesen kann, kann ich die Echtheit seiner Liebe fühlen, wenn ich seine Hand halte. Mein Cormac.*

„Wie süß, Mailís“, sagte ich. Ich blätterte an mehreren weiteren Skizzen vorbei und überflog die nächsten Worte.

Dies sind die glücklichsten Tage meines Lebens. Wir sind verlobt. Als alle Hoffnung schon lange verloren war, dass ich jemals eine eigene Familie haben würde, erschien Cormac: ein Geschenk Gottes. Ich weiß, es gibt junge Damen in der Stadt, die durch unsere Liebe ausgebremst wurden. Miss Ó Súilleabháin, von Irene ‚Aileen der Flirt‘ genannt, ist mir immer noch unbehaglich, wie sie meinem Cormac Augen macht, aber Gott hat gezeigt, dass er es besser weiß. Jetzt ist meine einzige Hoffnung, dass Gott in seinem Herzen genug Großzügigkeit für mich findet, damit ich in einem so fortgeschrittenen Alter Kinder gebären kann.

Ich blätterte an weiteren Zeichnungen vorbei. „Wow“, entfuhr es mir. Die Handschrift des nächsten Eintrags sah anders aus als der Rest. Härter.

Ich wurde verraten. Wenn die Kräfte einer Weisen sie in die Täuschung führen, was habe ich dann davon? Cormac hat einer anderen ein Kind geschenkt. Ich bin das Gespött des ganzen Dorfes. Was nützt mir meine Weisheit, wenn ich so völlig und schrecklich gebrochen bin?

„Oh, nein“, flüsterte ich.

Sie war von dem einzigen Mann betrogen worden,

den sie jemals geliebt hatte. Sie hatte geglaubt, ihr Leben sei von ihm gerettet worden, aber stattdessen hatte er ihr Herz gebrochen.

Die nächsten Seiten waren leer. Ich blätterte vorwärts.

„Nein“, flüsterte ich. Das war alles? „Nein, nein, nein...“ Ich blätterte durch die Seiten, aber da war nichts mehr. Etwas Gelbes fiel mir auf, als ich umblätterte. Es war ein Artikel, der in das Buch geschoben worden war, ein alter Zeitungsausschnitt.

4. März 1935. Vermisst, Frau, 32 Jahre alt, 1,80 m groß, hellhäutig, schlank gebaut, graue Augen, schwarzes Haar in der Mitte gescheitelt; sie trug ein schwarzes, hochgeschlossenes Kleid, einen Filzhut und braune Lederschuhe. Zuletzt wurde sie gesehen, als sie die Molesly Street in Anacullough am letzten Donnerstag um die Mittagszeit entlangging. Hinweise zu ihrem Aufenthalt werden reichlich belohnt. Wenden Sie sich an 4 Ballinlough St, Anacullough, Irland.

Danach kam nichts mehr. Jasher war nicht zu Hause, Faith war weg, das Haus war ruhig. Doch der Klang der Stille hallte in meinen Ohren wider.

Ich stand auf und nahm die Treppe zur Bibliothek. Ich durchsuchte jedes Tagebuch, jede Wand und jedes Regal. Aber ich fand nichts.

Wütend starrte ich in den nicht nachlassenden Regen hinaus, schnappte mir schließlich meine Regenjacke und fuhr mit dem Fahrrad in die Stadt.

Kapitel 24

Die Bibliothek in Ana war ein altes Bauwerk verglichen mit der Bibliothek in Saltford, und die Bibliothekarin sah aus, als arbeitete sie dort seit dem Tag, an dem das steinerne Gebäude errichtet worden war. Wenigstens hatte sie noch Zähne, und sie zeigte sie überraschend häufig. Gekleidet in einen Tweed-Rock, eine Weste und eine cremefarbene Bluse mit wogenden Ärmeln sah sie aus wie eine Figur aus einem alten Film.

Ich zog meine nasse Regenjacke aus und hängte sie an die Garderobe. Regale mit Büchern umgaben lange Tische, die mit grünen Glaslampen ausgestattet waren. Drei ältere Männer saßen verstreut an den Tischen, jeder in das Studium alter Dokumente vertieft. Die Bibliothekarin saß hinter einem Eichentisch, der aussah, als würde er eine Tonne wiegen. Ich wischte mir das Gesicht am Ärmel ab.

Sie sah auf und begrüßte mich mit einem warmen Lächeln.

„Was kann ich für dich tun?“, fragte die Bibliothekarin so leise, dass ich sie kaum verstand. Sie erkannte mich, ich war schon einmal in der Bibliothek gewesen. Aber dies war das erste Mal, dass wir miteinander sprachen.

„Ich habe mich gefragt, ob Sie alte Zeitungen aufbewahren?“

„Natürlich“, sagte sie sofort.

„Ich versuche herauszufinden, was mit einer meiner Vorfahrinnen passiert ist.“ Ich öffnete das Tagebuch auf der Seite, auf die der Ausschnitt geklebt worden war, und zeigte ihn ihr.

Die Bibliothekarin neigte den Kopf. Ihr Mund bewegte sich lautlos, während sie den Inhalt des Artikels las. Sie warf mir einen mitfühlenden Blick zu und reichte ihn mir zurück.

„Wir können dir vielleicht helfen“, sagte sie langsam. „Unser Archiv befindet sich im zweiten Stock. Du kannst den Index nach Nachnamen durchsuchen, das sollte dir weiterhelfen.“

Ich folgte ihr die breite Treppe hinauf und in einen dunklen Raum mit nur zwei kleinen Stehlampen. Der Raum war gut zehn Grad heißer als unten und Schweiß bildete sich auf meiner Oberlippe und auf meiner Stirn.

Die Bibliothekarin führte mich in eine Nische mit drei klobig aussehenden Geräten mit großen quadratischen Bildschirmen. Sie mussten aus den sechziger Jahren stammen. „Das sind die Lesegeräte. Sie sind ein wenig pingelig, also geh bitte sanft mit ihnen um. Wir haben neue bestellt, aber sie sind erst in einem Monat da. Ich zeige dir, wo wir den Mikrofilm aufbewahren.“

Wir gingen durch eine Reihe von Doppeltüren. Sie berührte einen Schalter neben der Tür und Neonlicht flackerte auf.

„Hier befindet sich unser Mikrofilmlager", begann sie. Sie musste den Ausdruck der Panik auf meinem Gesicht erkannt haben, denn sie fügte rasch hinzu: „Keine Sorge, Liebes. Wir haben mehr als eine Art, Texte zu kategorisieren. Wenn man nach dem Ergebnis eines Vermisstenfalles sucht, ist es vielleicht am einfachsten, bei den Sterbeverzeichnissen anzufangen. Welcher Name war es?"

„Sheehan."

„Gut, und in welchem Jahr ist sie nochmal verschwunden?" Sie neigte ihren Kopf in Richtung des Tagebuchs, aber ich wusste es inzwischen aus dem Gedächtnis.

„1935. Im März."

„Gut." Sie deutete auf einen Gang. „Hier solltest du fündig werden. Die meisten Leute haben viel weniger Informationen für ihre Suche." Sie überflog die Karten auf den Schubladen. „Einige arme Seelen verbringen Jahre hier drinnen auf der Suche nach einer Nadel im Heuhaufen", murmelte sie. „Hier sind wir. Hier sind die Sterbeverzeichnisse ab Januar 1935. Alles ist alphabetisch geordnet. Wenn deine Vorfahrin tot aufgefunden wurde, wirst du ihren Namen irgendwann nach März 1935 in den Todesanzeigen oder Nachrufen finden. Weißt du, wie man ein Mikro-Lesegerät benutzt?"

Ich nickte. „Ich glaube schon." Die Geräte konnten nicht viel anders als die steinzeitlichen

Monster sein, die wir in unserer Schulbibliothek hatten. Ich dankte ihr und sie verschwand.

Meine Suche dauerte zwei Stunden. Es war deprimierend so viele Todesanzeigen zu lesen, aber am Ende fand ich, wonach ich suchte.

6. April 1937 Vermisstenfall – Selbstmord.

Zwei Jahre nach dem Verschwinden von Miss Mailís Stiobhard-Sheehan bleibt der Fall ungelöst, die Familie Sheehan unzufrieden. „Miss Stiobhard-Sheehan erlebte kurz vor ihrem Verschwinden eine persönliche Tragödie", erklärte Polizeiinspektor Murray Ó Cuinn. „Aufgrund mehrerer Berichte über Miss Stiobhards emotionale Instabilität gehen wir davon aus, dass sie höchstwahrscheinlich Selbstmord begangen hat. Obwohl wir den Fall nicht offiziell als abgeschlossen bezeichnen können, beantragen wir, die Untersuchung einzustellen. Wir haben alles getan, was für sie und ihre Familie getan werden konnte. Möge Miss Stiobhard-Sheehan in Frieden ruhen."

Familienmitglieder haben sich geweigert, die Meldung zu kommentieren.

Ich fühlte mich, als hätte man mir in die Zähne getreten. Selbstmord. Mein Herz brach. Sie war so aufgeregt und verliebt gewesen und war von den Feen beschenkt worden. Sie hatte sich über ihr neues Leben gefreut. Sie hatte heiraten wollen. Es war schlimmer als die Geschichte von Romeo und

Julia, denn wenigstens waren die beiden am Ende zusammen gestorben. Die arme Mailís war ganz allein gewesen.

Aber hatte sie sich wirklich umgebracht? Man hatte immerhin keine Leiche gefunden. Vielleicht hatte sie sich in eine Fee verwandelt und war in der Erde verschwunden?

Ich seufzte. Wie gern ich das geglaubt hätte.

Mein Magen fühlte sich flau an. Nach außen hin schien es wie ein Segen zu sein, eine Weise zu werden – aber was brachten diese Fähigkeiten, wenn man sich mit ihnen über Menschen so bitter täuschen konnte?

Was war aus Mailís geworden?

Und was würde aus mir werden?

Kapitel 25

Als ich die Bibliothek verließ, war die Straße noch tropfnass, aber der Regen hatte aufgehört. Ich wischte den Fahrradsitz ab und machte mich auf den Weg nach Sarasborne. Mein Magen knurrte, und meine Augen fühlten sich schwer an. Die Vorstellung, dass Mailís sich das Leben genommen hatte, überwältigte mich mit Kummer.

Während ich in die Pedalen trat, wurde mir irgendwann klar, dass ich die Abzweigung zum Radweg nach Hause verpasst hatte. Achselzuckend nahm ich stattdessen die Straße. Der kühle Wind raschelte durch die Blätter der Eichen und peitschte mir die Haare in den Mund. Ich nahm Tempo auf und blickte auf die aufziehenden Wolken am Horizont. Der Regen war noch nicht vorbei, dies war nur eine Pause. Ein Lichtblitz flackerte mehrmals in den weit entfernten Wolken. Der letzte Hügel vor unserer Einfahrt kam in Sichtweite, also richtete ich mich auf und gab Gas, um Geschwindigkeit aufzunehmen.

Als ich den letzten Hügel erklomm, tauchte plötzlich ein Traktor auf, der mir entgegenfuhr. Der Anblick des Traktors riss mich aus meinen Gedanken. Ich schrie auf. Der Traktor hupte. Knapp wich ich dem Fahrzeug aus und spürte, wie das Rad über Rasen holperte. Ich wusste, dass ich stürzen würde, und dann flog ich tatsächlich über die

Lenkstange und landete im Schlamm.

Der Fahrer des Traktors rief etwas, hielt aber nicht an. Ich lag auf dem Bauch. Die rechte Seite meines Kiefers, mein Unterarm, mein rechtes Knie und beide Handflächen fühlten sich an, als ob jemand ein Feuerzeug an meine Haut halten würde.

„Verdammt!“, fluchte ich.

Es dauerte mehrere Minuten, bis ich wieder auf die Beine kam. Die ganze rechte Seite meines Körpers schmerzte. Meine Beine fühlten sich schwach an, meine Hände zitterten, und ich blutete.

Doch die Vegetation flößte mir Ruhe ein. Ich spürte ihre heilende Wirkung in meinem Kopf. Ich streckte meine Finger aus und berührte die Blätter. Sofort wurde mein Geist von Wissen überflutet. Arnika hatte die Kraft, Entzündungen und Quetschungen zu mindern, und Beinwell würde nicht nur aufgeschürfte Haut, sondern auch Knochen zusammenwachsen lassen. Die Pflanzen summten und knisterten unter meinen Fingerspitzen und ich konnte mich ebenso wenig davon abhalten, ihre Kraft in mich aufzunehmen, wie ich meinen Sturz hätte verhindern können. Die Nährstoffe jeder Pflanze verdichteten sich und gelangten in meinen Blutkreislauf, wobei sie sich um ein Vielfaches vermehrten. Es war ein sehr seltsames Gefühl – ein bisschen wie der Versuch, ein dickflüssiges Gel durch einen Strohhalm zu saugen. Aber als ich saugte, füllte sich mein Körper mit einer wunderschönen Energie, und es fühlte sich an, als ob meine Zellen und mein Blut tanzten. Der Schmerz meiner Wunden und das Pochen meiner blauen Flecken verblasste. Ich schaute auf meinen Arm herab und sah zu, wie die aufgeschürfte Haut wie mit Nadel und Faden wieder zusammengenäht wurde. Kleine Steine wurden von meinem Körper ausgestoßen, als die Wunde sich selbst versorgte und schloss. Ein Spritzer Erde und Kieselsteine fiel ins Gras.

Ich verstand, dass die Wurzel der Pflanze ihr mächtigster Teil war, und unter dem Eindruck, dass ich sie berühren musste, kniete ich nieder und begann zu graben. Mailís hatte von der Kraft der Wurzeln geschrieben. Als meine Finger die Erde berührten, nahm ich eine Bewegung aus den Augenwinkeln wahr. Und mir entfuhr ein leiser Schreckensschrei, als ich aufblickte und die schemenhaften Formen zweier Menschen sah, die am Ende der Auffahrt von Sarasborne in einen Streit verwickelt waren.

Es dauerte einen Moment, bis ich Mailís und Cormac erkannte.

Die beiden sprachen aufgeregt aufeinander ein. Es war wie einen Stummfilm anzusehen – dramatisch, übertrieben, mit gewaltigen Handbewegungen.

Ich beobachtete die beiden wie erstarrt. Bis der Schemen eines Pferdes hinter mir auftauchte und mich als heftiger Windstoß zur Seite taumeln ließ.

Ein Mann, den ich nicht kannte, ritt das Pferd. Er trug eine dunkle Jacke und einen schwarzen Hut, der sein Gesicht verdeckte. Alles an ihm signalisierte Dringlichkeit. Er führte das Pferd zu Cormac und Mailís. Das Tier warf den Kopf zurück und bäumte sich auf, während der Mann mit Cormac sprach. Cormacs Gesicht verhärtete sich und Mailís begann zu weinen. Sie schüttelte den Kopf, als Cormac die Hand des Reiters nahm, um sich hinter ihm aufzuschwingen. Das Pferd machte kehrt, die Hufe warfen Dreckklumpen auf und Mailís sank auf die Knie. Keiner der Männer blickte zurück, als das Pferd den Weg zurückgaloppierte, den es gekommen war, und aus meinem Blickfeld verschwand.

Mailís bedeckte ihr Gesicht mit den Händen und beugte ihre Stirn zur Erde. Als sie die Hände vor sich auf dem Boden ausbreitete und ihre Finger in den Schlamm grub, trat ein Ausdruck unvorstellbarer Qual in ihre Züge. Cormac und Mailís tauchten wieder auf. Die Szene begann von neuem und ich sah den Anfang, den ich verpasst hatte.

Cormac war von mir abgewandt, aber es war klar, dass die beiden miteinander sprachen. Im Laufe des Gesprächs wurde Mailís immer aufgeregter, schüttelte den Kopf, den Mund nach unten gezogen. Als der Reiter wieder auftauchte, war sie nichts als ein Häufchen Elend.

Ich fühlte mich krank vom Zusehen. Ein halbes Dutzendmal beobachtete ich die Ereignisse. Tränen liefen über mein Gesicht, die Hände noch immer in der Erde. Es war nicht schwer zu begreifen, was da geschehen war. Cormac hatte Mails das Herz gebrochen. Er ließ sie buchstäblich im Schlamm liegen, weinend und gebrochen. Welche Neuigkeiten der Reiter überbracht hatte, wusste ich nicht, aber ihre Wirkung war so klar wie ein Vollmond in einer wolkenlosen Nacht. Ein großes Stück des Puzzles war für mich an seinen Platz gefallen.

Wie Cormac Mailís das hatte antun können, nachdem er so viel Liebe gezeigt hatte, an dem Tag, als sie sich auf der Brücke küssten – die einzige Erklärung, die mir einfiel, war der Name des Mädchens in dem Tagebuch. *Aileen, der Flirt*.

Als ich wieder auf den Beinen war und die Erde von meinen Händen schüttelte, verblasste die Vergangenheit, aber ich hatte das Gefühl, Mailís für immer da im Schlamm liegen zu sehen. Ich beschloss zurück in die Stadt zu fahren. Jetzt hatte ich der Bibliothekarin eine weitere Frage zu stellen. Ich stieg auf das Fahrrad und fuhr in die gleiche Richtung zurück, in die Cormac und der fremde Mann geritten waren – zurück nach Anacullough.

Kapitel 26

Falls die Bibliothekarin von meinem Wiederauftauchen überrascht war, so zeigte sie es nicht.

„Alles gut?“, fragte sie mich.

Ich nickte. „Ja, aber ich bin ich noch nicht fertig hier. Dieses Mal brauche ich Hochzeitsdaten.“ Ich war körperlich und emotional erschöpft, aber das Bedürfnis dieses Rätsel endlich zu lösen war stärker als jede Müdigkeit. Ich spürte, dass mein Schicksal und das von Mailís miteinander verbunden waren.

„Ich verstehe.“ Die Bibliothekarin nahm ihre Bifokalbrille ab und schob sie auf ihren Kopf. Sie stand auf und umkreiste den Schreibtisch. Ich folgte ihr zur Treppe. „Hinter wessen Hochzeit sind wir her?“

„Aileen O’Sullivan. Das wäre die anglisierte Art, es zu sagen. Es tut mir leid, dass ich nicht weiß, wie man es gälisch ausspricht.“ Meine Hände zitterten, als ich nach dem Geländer griff – ob vor Hunger oder Schock, wusste ich nicht. Wahrscheinlich beides.

Die Bibliothekarin blieb auf der Treppe stehen und sah zu mir zurück. „Ó Súilleabháin?“, fragte sie. „Wann hätte diese Hochzeit stattgefunden?“

Ich runzelte die Stirn und dachte nach. „1935?“

„Meine Liebe“, sagte sie und legte ihre Hand auf meine Schulter. „Aileen Ó Súilleabháin ist noch am

Leben. Sie ist uralt, aber für ihre geistige Ausdauer berüchtigt. Wenn du Geschichten von früher erfahren willst, wirst du keine bessere Quelle finden als sie selbst. Sie wohnt in Sunny Valley, einem Rentnerheim."

Ich fühlte, wie das Blut aus meinem Gesicht wich. Ich öffnete den Mund, ohne etwas hervorzubringen.

„Geh hin, meine Liebe. Ich kenne sie nicht gut, aber ich weiß, dass sie eine freundliche Dame ist. Es würde ihr wahrscheinlich den Tag versüßen, Besuch von einer interessierten jungen Dame wie dir zu bekommen. Außerdem", schaute sie auf ihre Uhr, „schließen wir bald. Sunny Valley liegt nur drei Blocks östlich von hier."

Sie leitete mich freundlich, aber bestimmt aus der Bibliothek. Als ich meine Stimme wiederfand, stand ich schon draußen und schaute in östliche Richtung.

„Sunny Valley hat öffentliche Toiletten direkt vor der Haustür", fügte die Bibliothekarin hinzu. „Da könntest du dir vielleicht das Gesicht abwaschen." Damit verschwand sie wieder nach drinnen.

Sunny Valley war ein niedriges gelbes Backsteingebäude mit einer rollstuhlgerechten Rampe, die zur Tür hinaufführte. Ich strich meine nasse Kapuze zurück, öffnete die Drehtür und betrat den Gemeinschaftsraum, wo eine Krankenschwester an der Rezeption saß.

„Kann ich dir helfen?", fragte sie.

„Ich suche Aileen O'Sullivan. Ist es in Ordnung,

wenn ich sie kurz besuche?“

Die Frau lächelte. „Das ist aber nett. Bist du wegen ihres Geburtstags hier? Wir hatten heute eine Menge Besucher für sie. Aber sie ist außer Haus. Sie sitzt im Criterion Café und feiert eine kleine Geburtstagsfeier.“

„Oh, ach so“, sagte ich.

Die Frau verabschiedete mich winkend.

Gerade als ich das Gebäude wieder verließ, klingelte mein Telefon. Ich holte es aus meiner Tasche und nahm ab, ohne auf den Bildschirm zu schauen. „Hallo?“

„Püppchen?“

Ich atmete tief ein. Liz war die letzte Person, mit der ich im Augenblick sprechen wollte. Ich war müde, schmutzig, mürrisch, ängstlich und am Ende meiner geistigen und körperlichen Kräfte.

„Hallo, Liz“, sagte ich. Ich bekam eine Gänsehaut von meiner eigenen Stimme.

„Du klingst seltsam.“

„Du auch“, sagte ich abrupt. Aber ich hatte nicht wirklich darauf geachtet, wie sie klang, ich war zu sehr von meinen eigenen Problemen abgelenkt. „Jetzt ist kein guter Zeitpunkt, Liz.“

Regen spritzte mir ins Gesicht und ich riss mir die Kapuze wieder über den Kopf.

„Das hast du schon letztes Mal gesagt“, antwortete sie.

Ich konnte meiner Mutter nicht genau erklären,

was passiert war, also wechselte ich das Thema: „Gibt es etwas, bei dem ich dir helfen kann? Bei mir ist alles bestens.“

„Nun ja ...“ Sie machte eine lange Pause.

Ich war nicht in der Stimmung für lange Pausen. Ich begann den Bürgersteig vom Sunny Valley Altenheim zum Criterion Café entlangzuwandern.

„Ich habe mich gefragt, ob du vielleicht früher nach Hause kommen möchtest.“

Ich blieb schlagartig stehen. Regen tropfte vom Rand meiner Kapuze in mein Gesicht. „Wie bitte?“

Entweder hörte sie die Wut in meiner Stimme nicht, oder sie entschied sich sie zu ignorieren. „Ich glaube, dass es ein Fehler war, dich für den ganzen Sommer wegzuschicken. Ich war in den letzten Monaten so beschäftigt mit meiner Arbeit ...“

„Du meinst in den letzten Jahren.“ Ich brodelte.

„Ja, in den letzten Jahren. Ganz genau. Ich habe mir gedacht, dass du und ich vielleicht ein bisschen Zeit miteinander verbringen könnten, ehe der Sommer vorbei ist.“

An einem anderen Tag, unter einem sonnigen Himmel und unter anderen Umständen hätte ich anders reagiert. Aber Liz hatte den falschen Moment gewählt, die falschen Worte und die falsche Tochter, um schlagartig eine Hundertachtziggrad-Wendung zu vollziehen.

„Nach Irland zu kommen war deine Idee.“

„Ich weiß, aber ...“

„Du konntest es nicht erwarten, mich loszuwerden.“ Meine Stimme wurde immer lauter.

„Das ist nicht wahr.“

„Du hast mich deiner Schwester aufgedrängt.“ Meine Konsonanten wurden schärfer.

„Ich habe dich nicht ...“

„Einer Schwester, deren Briefe zu lesen du dir nicht einmal die Mühe gemacht hast.“

„Ich habe noch nie ...“

„Die einen Jungen adoptiert hat, nachdem du nie gefragt hast!“

„Jetzt warte mal, das ist nicht fair.“

„Du hast keine Ahnung, was hier gerade vor sich geht!“, rief ich.

„Nun, wenn du es mir sagst, dann werde ich ...“

„Du rufst aus heiterem Himmel an und entscheidest dich, dass du es dir anders überlegt hast und plötzlich eine Mutter sein willst?!“

„Georjayna ... Püppchen.“

„Und du erwartest, dass ich alles stehen und liegen lasse, mich umdrehe, in das nächste Flugzeug steige ...“

„Aber ...“

„... Weil du einen Gewissensanfall hattest, weil du deine Tochter vernachlässigt hast, seit sie elf Jahre alt war, und du denkst, jetzt wäre genau der richtige Moment, um das wieder gutzumachen.“

Stille in der Leitung.

„Habe ich das alles richtig verstanden, Liz?“ All

das Gift, das sich in den letzten sechs Jahren, seit sie Partnerin geworden war, in mir angesammelt hatte, all die Wut und Frustration, kamen jetzt aus mir heraus.

Es gab eine seltsame Art von Keuchen am anderen Ende des Telefons und ein eindringliches Gespräch im Hintergrund, die Geräusche eines Büros. Ich hörte Liz' Stimme, aber ich konnte keines ihrer Worte verstehen. Es klang, als hielt sie ihre Hand über das Mundstück.

Sie hatte mir nicht einmal zugehört.

Ich starrte mein Telefon an, knirschte mit den Zähnen und legte auf.

Kapitel 27

Ich drückte die Tür des Cafés auf und sofort schlug mir der heitere Lärm einer Menschenmenge entgegen. Ich war so viele Leute nicht mehr gewöhnt und flüchtete hastig ins Badezimmer, um erstmal meine schmutzigen Hände zu waschen.

Als ich einigermaßen vorzeigbar war, ging ich zur Theke und bestellte eine Zimtschnecke und eine Tasse Tee. Ich ignorierte den herablassenden Blick der Barista. Ich sah wohl immer noch wie ein Vagabund aus, aber das war mir egal.

„Soll ich die Zimtschnecke aufwärmen?“, fragte sie und hob ihr Kinn.

„Nein, danke“, sagte ich.

Sie legte die Mehlspeise auf eine Serviette und schob sie mit ihrer Zange zu mir. Fast so, als wolle sie mir nicht zu nahe kommen.

Als ich in das Gebäck biss, schreckte mich ein sehr lauter schräger Refrain von „Happy Birthday“ auf. Ich drehte mich um und entdeckte eine große Gruppe grauhaariger Leute, die meisten von ihnen Frauen, ganz hinten im Café. Ein glänzendes rotes Banner war in der Ecke angebracht worden: *Alles Gute zum hundertsten Geburtstag!*

Eine junge Frau hielt einen Kuchen mit einer einzelnen Wunderkerze auf einem Tablett hoch und stellte ihn dann auf einem Tisch inmitten von Senioren ab. Filzhüte, bequeme Slipper,

Strumpfhosen und Röcke oder Wollhosen dominierten den Kleidungsstil. Sie alle sahen alt genug aus, um meine Großeltern zu sein, vielleicht sogar meine Urgroßeltern.

Aileen wurde hundert Jahre alt.

Ich kaute mich durch meine Zimtschnecke und trank meinen Tee. Es schmeckte wie Asche. Immer wieder warf ich einen Blick nach hinten. Allmählich verabschiedeten sich die ersten Partygäste. Die Gruppe am Tisch wurde kleiner und kleiner. Als es fast alle gegangen waren, nahm ich meinen Mut zusammen und machte mich auf den Weg zur hinteren Seite des Cafés.

Ich wusste sofort, wer Aileen sein musste. Sie war bei weitem die Älteste. Sie saß in einem fortschrittlich aussehenden elektrischen Rollstuhl. Eine viel jüngere Frau schwebte in ihrer Nähe. Eine Krankenschwester? Oder ihre Enkelin? Die letzten beiden Gäste zogen mit zitternden Händen ihre Strickjacken an und verabschiedeten sich.

„Entschuldigung", sagte ich zu der jüngeren Frau. Ich lächelte warm, obwohl meine Nerven vibrierten. Ich deutete auf Aileen. „Ist das die Dame, die heute ein Jahrhundert alt wird?"

Die Frau ging vom Tisch weg und kam auf mich zu. „Das ist sie. Unglaublich, nicht wahr? Wir haben extra dafür einen Ausflug ins Café gemacht. Wenn eine Frau hundert Jahre alt wird, tut man alles, was man kann, um ihre Geburtstagswünsche zu erfüllen. Sie ist immer noch so rüstig, dass man sie rauslassen kann."

„Sie rausgelassen?" Ich stellte mir das Altenheim jetzt wie ein Gefängnis vor.

Sie lachte. „Das klingt schrecklich, nicht wahr? Ich meine einfach aus dem Heim raus. Sie wollte hierherkommen, um ihren Geburtstag zu feiern, weil sie dieses Café vor rund fünfundsechzig Jahren eröffnet hat. Damals war es natürlich ein Restaurant."

„Wirklich?" Ich zog überrascht die Augenbrauen hoch, fasste mich aber schnell wieder. „Ich habe mich gefragt, ob ich mich zu ihr setzen und mit ihr plaudern könnte. Ihr alles Gute zum Geburtstag wünschen. Es kommt nicht alle Tage vor, dass man jemanden trifft, der hundert Jahre gelebt hat."

„Sehr gern. Sie liebt junge Leute." Die Pflegerin trat zur Seite und machte Platz für mich, damit ich mich neben Aileen setzen konnte. „Ich gehe nur kurz auf die Toilette. Ich bin gleich wieder da", flüsterte sie halblaut.

Als ich mich setzte, neigte sich Aileens Kopf in meine Richtung. „Wer ist da?", sagte sie mit trockener, schwacher Stimme. Ihre Augen waren hauchdünn und weiß, ihr Haar ein dünner Fussel um den Scheitel ihres Kopfes. Ihre Nase war immer noch gerade und perfekt, der einzige Teil ihres Gesichtes, der vom Alter unberührt aussah.

„Mein Name ist Georjayna Sutherland", sagte ich.

„Herzlichen Glückwunsch zum Geburtstag, Aileen.“

Ein Lächeln zerrte am Winkel ihres welken Mundes. „Ich danke dir. Du klingst seltsam. Wo kommst du her?“

„Ich bin Kanadierin.“

„Ah“, sagte sie und drehte ihren Kopf noch mehr in meine Richtung, ihre unsichtbaren Augen unbewegt in ihren Höhlen. Ein Augenlid hing herab. „Ich habe Familie, die nach dem Krieg nach Kanada gezogen ist, aber ich habe es selbst nie dorthin geschafft.“ Ihr Akzent war stark, und ich musste mich anstrengen, um sie zu verstehen: „Selbst ein Jahrhundert kann manchmal nicht genug Zeit sein.“

„Ich habe mich gefragt“, sagte ich und leckte mir über die Lippen, „ob ich Sie etwas Persönliches fragen dürfte?“

„Ich würde es begrüßen“, sagte sie. „Niemand fragt mich heutzutage mehr etwas Persönliches. Einmal kam ein Journalist an meinem fünfundneunzigsten Geburtstag zu mir, um mit mir zu reden. Aber seitdem warten die Leute nur noch auf meinen Tod. Frag ruhig.“

Ich räusperte mich. „Sind Sie mit einem Mann namens Cormac O’Brien verheiratet?“

Sie antwortete nicht. Sie reagierte überhaupt nicht. Als hätte sie sich in eine Wachsfigur verwandelt. Mein Herz begann zu pochen. „Aileen?“

„Woher kennst du diesen Namen?“ Ihre zarte Stimme war so leise, dass ich mich vorbeugen musste, um zu verstehen.

„Ich ... ich bin im Tagebuch einer Verwandten auf ihn gestoßen. Und auch auf Ihren Namen, Aileen. Ich dachte, damit könnten Sie gemeint sein.“

„Welche Verwandte? Mit wem bist du verwandt?“ Ihre Stimme schwankte, aber sie wirkte nicht ängstlich.

„Mailís Stiobhard-Sheehan“, sagte ich. Mein Blick klebte an ihrem Gesicht.

Sie hob eine zitternde Hand zu ihren Lippen. „Ich habe diesen Namen nicht mehr gehört sei t... ich weiß nicht, wie lange es schon her ist. Diese arme, arme Frau.“

„Kannten Sie sie?“

Aileens Pflegerin kam von den Toiletten zurück. „So, haben Sie sich nett unterhalten? Ich sollte Aileen nach Hause bringen, sie ist sicher müde“, sagte sie.

„Oh“, stieß ich enttäuscht aus.

„Warte, Sarah“, sagte Aileen. „Nur noch ein paar Minuten. Würde es dir etwas ausmachen, uns ein bisschen Privatsphäre zu geben?“

Sarah sah überrascht aus und warf mir einen wachsamen Blick zu. „Wie du möchtest, Aileen. Ich warte drüben am Tresen.“

„Danke“, sagte ich erleichtert.

„Ich kannte sie nicht sehr gut“, sagte Aileen nach

einem Moment zu mir. „Aber als ich ein Mädchen war, wusste jeder über Mailís Bescheid. Sie ist verschwunden. Ich nehme an, das ist dir bekannt."

„Ja", sagte ich. Wusste Aileen, warum?

„Sie hat sich das Leben genommen, die arme Seele."

„Das ist es, was man sagt." Ich wollte sie nicht direkt fragen. War es in Ordnung, die Vergangenheit einer uralten Frau aufzuwühlen?

„Sie hätte Cormac heiraten sollen", sagte sie.

„Ihren Mann."

Sie schüttelte den Kopf. „Nein, Cormac und ich haben nie geheiratet, obwohl wir es vorhatten. Cormac starb, bevor wir dazu kamen. Das ist jetzt schon lange her. Es gab eine Zeit, in der ich über all das nicht sprechen konnte. Aber jetzt scheint es fast so, als wäre es jemand anderem passiert. Damals war es inakzeptabel, dass ein Mädchen außerehelich schwanger wird. Jetzt sind die Dinge ganz anders. Aber als ich herausfand, dass ich schwanger war, und Eoin in einem politischen Scharmützel getötet wurde, war ich völlig verloren. Ich konnte es meinen Eltern nicht sagen. Ich konnte es niemandem erzählen. Außer Cormac."

„Eoin?", fragte ich verwirrt.

„Ja, mein damaliger Verlobter. Cormacs Bruder."

Ich öffnete den Mund. „Es war nicht Cormacs Baby?"

„Meine Güte, nein. Auf diese Weise hatte ich kein

Interesse an Cormac. Und er hatte keines an mir. Wir waren Freunde. Er war neben Eoin der einzige andere Mensch, der von dem Baby wusste, und als Eoin getötet wurde ..."

„Sprang Cormac ein, um Sie zu heiraten ..." Mein ganzer Körper kribbelte vor Gänsehaut. „Hat Cormac Mailís geliebt?", fragte ich.

„Oh, ja", sagte sie. „Sehr. Er wäre für sie gestorben. Aber in jenen Tagen war die Pflicht der Familie gegenüber wichtiger als die Liebe. Nachdem Eoin gestorben war, löste Cormac seine Verlobung mit ihr auf, um mich zu heiraten. Er wollte, dass das Kind seines Bruders einen Vater hatte, und er wollte mich vor der Schande schützen."

„Was ist aus ihm geworden?"

„Siehst du eine schwarze Tasche?", fragte sie und hob eine Hand.

Ich schaute auf die Bank. „Ja, hier."

„Da drinnen findest du eine Brieftasche. Es macht mir nichts aus, wenn du sie öffnest."

Ich fühlte mich komisch, die Tasche einer blinden Dame zu durchwühlen. Doch dann zog ich eine passende schwarze Brieftasche heraus. „Wonach suche ich?"

„Es ist in der Mitte. Sei vorsichtig, es ist zerbrechlich."

Ich stieß auf ein weiches, vergilbtes Papier, das zusammengefaltet in eine Plastikhülle gesteckt worden war.

„Ich habe diesen Artikel mehr als sechzig Jahre mit mir herumgetragen“, sagte sie. „In Erinnerung an Cormac. Wie ein so guter Mensch so etwas tun konnte, erschüttert mich bis in meine Seele. Er hätte dieses Grundstück niemals kaufen dürfen.“

Ein Grundstück. Ein weiteres Stück des Puzzles fiel an seinen Platz, und mir war, als würde ein eisiger Finger meine Wirbelsäule hinunterfahren. Cormac O’Brien. Das O’Brien Grundstück. Brendan – Jashers Vater. Er hatte das O’Brien-Grundstück gekauft, er war der derzeitige Besitzer. Er schien auch ein paar ziemlich schreckliche Fledermausdämonen geerbt zu haben. Ich behielt meinen Schock für mich und entfaltete behutsam das Papier.

Es handelte sich um einen weiteren Zeitungsausschnitt. Mein Leben war zu einer Sammlung von Zeitungsartikeln geworden. Das Schwarzweiß-Foto in der linken Ecke raubte mir den Atem. Ein mumifizierter Körper lag mit dem Gesicht nach unten auf dem Boden, einen Arm über den Kopf gestreckt. Tote Pflanzen bedeckten eine Seite des Körpers, als wäre er aus einem verwahrlosten Garten ausgegraben worden. Die Überschrift lautete: *Garda entsetzt angesichts ausgetrockneter Leiche im Hinterhof.*

„Das ist Cormac?“, flüsterte ich. Ich räusperte mich. „Ich verstehe nicht. Ich meine, er ...“ Ich hielt mich davon ab zu sagen, dass er wie eine Mumie aussah, die in einer ägyptischen Pyramide entdeckt worden war.

„Er ist ganz ausgetrocknet“, sagte Aileen. „Ich habe mein Augenlicht schon vor Jahren verloren, aber ich kann das Bild immer noch in meinem Kopf sehen. An einem nassen Ort wie Irland ist so etwas unmöglich. Und noch unmöglicher ist, dass es an einem einzigen Tag geschehen sein soll. Ich sage dir, es ist dieses Grundstück.“ Im Flüsterton fügte sie hinzu: „Es ist verflucht.“

„An einem Tag?“ Ich blinzelte. „Was meinen Sie mit einem Tag?“ Ich schaute auf den Artikel und suchte das Datum. „6. März 1935.“

„Einen Tag, bevor dieses Foto gemacht wurde, haben nicht weniger als ein Dutzend Menschen Cormac gesehen, lebendig und gesund. Es ist das größte Rätsel von Anacullough.“

„Man hat ihn auf seinem Grundstück gefunden? Das ist sein Garten?“

Sie nickte.

„Das O'Brien-Haus“, sagte ich. Das Bild von fledermausähnlichen Kreaturen aus Rauch, die aus Brendans Körper flogen, ging mir jetzt nicht mehr aus dem Sinn. Meine Hände zitterten. *Schlechte Energie*, hatte Faith gesagt. Ich betrachtete den mumifizierten Körper, die vertrockneten Lippen. Mein Herz klopfte. Das war viel schlimmer als schlechte Energie.

„Macht es Ihnen etwas aus, wenn ich ein Foto von diesem Artikel mache?“, fragte ich Aileen.

„Es macht mir nichts aus“, sagte sie. „Das haben schon viele Leute. Meistens Journalisten.“

„Vielen Dank.“ Ich nahm mein Telefon heraus und legte den Artikel flach auf den Tisch. Ich nahm ein Foto auf, faltete den Artikel zusammen und steckte ihn wieder in ihre Brieftasche. „Danke für das Gespräch, Aileen. Sie haben mir sehr geholfen, ein paar Dinge zu verstehen. Ich werde Sie jetzt nach Hause gehen und sich ausruhen lassen.“

Sie nickte. „Es war schön, mit dir zu reden, Georjayna.“

„Und alles Gute zum Geburtstag, Aileen.“ Ich legte eine Hand auf ihre zerbrechliche Schulter und sie klopfte mir mit trockenen Fingern auf den Handrücken. Sarah, die Pflegerin, verließ ihren Stuhl am Tresen und kam herüber, Neugier im Blick.

„Danke, ich weiß die Zeit zu schätzen, die ich mit ihr haben durfte“, sagte ich.

Sarah öffnete ihren Mund, aber ich drückte nur kurz ihren Arm und ging weiter. Mein Herz klopfte, und meine Kehle fühlte sich trocken und heiß an. Das Bild von Cormacs skelettartiger Hand brannte vor meinen Augen.

Kapitel 28

Als ich das Café verließ, hatte der Regen wieder aufgehört. Die Luft war frisch und feucht und roch noch grüner als sonst. Ich war noch so gefangen von dem Gespräch mit Aileen, dass ich mich nicht mehr an den langen Weg zurück zu meinem Fahrrad erinnerte. Ich irrte eine gute Weile durch das Städtchen.

Dann endlich fand ich das gelbe Citybike, sperrte das Schloss auf und wendete das Rad in Richtung Heimat. Eine schwere Erschöpfung hatte sich in mir ausgebreitet. Ich fühlte mich, als wäre ich heute wie eine Verrückte durch die Welt gerannt. Gerade als ich mein Bein über das Fahrrad schwingen wollte, bemerkte ich eine Frau, die mit dem Rücken zu mir auf dem Bürgersteig stand.

Eine Bewegung hinter der Frau fiel mir ins Auge. Ich keuchte. Jashers Vater stand auf dem Platz beim Brunnen und wiegte sich auf seinen Füßen. Obwohl es ein recht warmer Tag gewesen war, trug er einen dicken Trenchcoat, der eher für den Winter gemacht zu sein schien. Ein Schwarm der rauchigen Fledermäuse flatterte um ihn herum und *durch ihn hindurch*. Meine Hand flog zu meinem Mund. Ich hatte das Gefühl, sie könnten direkt in mein Gesicht springen. Es waren mehr Fledermäuse als zuvor. Brendan schlug um sich, als wollte er die Fledermäuse vertreiben, aber seine Bewegungen wirkten ziellos und unkontrolliert. Es war offensichtlich, dass er sie nicht sehen, sondern nur spüren konnte.

„O'Brien", flüsterte ich. Brendan hatte mindestens dreißig Pfund abgenommen, seit ich ihn vor der Bibliothek gesehen hatte, vielleicht sogar mehr. Wie konnte ein Mann innerhalb weniger Tage so viel Gewicht verlieren? Ich schauderte unwillkürlich.

Ein metallisches Poltern ließ mich aufspringen. Die Frau drehte sich um und sah erst das umgefallene Fahrrad und dann mich an.

„Alles in Ordnung, Miss?", fragte sie. Ihr Lächeln war warm und freundlich.

Ich hob das Fahrrad auf und schob es zurück in den Fahrradständer, nur um mir eine Sekunde Zeit zu geben, um Luft zu holen. „Ja, Entschuldigung."

Die Frau wandte sich wieder Brendan zu. Ich stellte mich neben sie. Konnte sie die rauchigen schwarzen Gestalten sehen? Höchstunwahrscheinlich, aber für mich waren sie so klar, dass es schwer zu glauben war, dass niemand sonst sie wahrnehmen konnte.

„Kennen Sie ihn?", fragte ich.

„Ja", sagte sie, ohne den Blick von Brendan zu nehmen.

„Was sehen Sie?", fragte ich zögernd.

Sie schien von der Frage nicht überrascht zu sein. „Eine sehr traurige Geschichte", antwortete sie. „Sehr traurig. Er war einst eine Säule in unserer

Gemeinschaft. Jetzt schau ihn dir an."

Das tat ich. Brendan fuchtelte gegen eine der huschenden schwarzen Gestalten an, die einen Kreis um seinen Kopf flog und dann als schwarze Rauchwolke in seinem Nacken verschwand, wie ein Pilz, der explodiert, um seine Sporen zu verstreuen. Ich schauderte wieder. Brendan schrie ein paar kehlige, wütende Worte. Worte, die für mich keinen Sinn ergaben. War das gälisch?

„Siehst du, was Herzensleid mit dir machen kann, wenn du es zulässt? Er hätte diesen kostbaren Jungen behalten können. Er hätte akzeptieren können, dass manchmal schlimme Dinge passieren und niemand Schuld daran hat."

Ich wandte mich der Frau zu. „Das fing alles an, nachdem er Cormac O'Briens Haus gekauft hat?"

Sie nickte und blickte mich an. „Du kommst nicht von hier, oder? Woher weißt du davon?"

„Jasher ist mein adoptierter Cousin", sagte ich.

Ihr Gesicht erhellte sich. „Ah, du bist also Faiths Nichte. Aus Kanada?"

„Ja." Mein Blick kehrte zurück zu Brendan. „Was ist denn mit ihm los?"

Auch wenn die Dame nicht sah, was ich sah, war offensichtlich, dass etwas mit ihm nicht stimmte.

Sie schüttelte den Kopf. „Niemand kann ihm jetzt helfen. Er wird genauso enden wie der alte O'Brien. Verschluckt von der toten Erde dieses verfluchten Grundstücks. Das ist eine düstere Angelegenheit."

Sie seufzte, dann sagte sie: „Schön, dich getroffen zu haben. Richte Faith liebe Grüße aus.“

Ich nickte, und als mir einfiel, dass ich gar nicht ihren Namen erfahren hatte, um den Gruß auszurichten, war sie bereits davongeschlurft.

Der ausgetrocknete Leichnam von Cormac erschien erneut vor meinem inneren Auge und überlagerte den Mann, der nun über den Platz taumelte. Die rauchigen Fledermäuse stürzten hinter ihm her, um ihn herum und durch ihn hindurch. Er floh in eine kleine Straße. Ich ließ mein Rad zurück und folgte ihm. Allerdings mit gebührendem Abstand. Denn ich hatte nicht vor diesen Dämonen zu nahe zu kommen.

Brendan lief wie ein Betrunkener, murmelte vor sich hin und schwang ab und zu einen Arm durch die Luft, um seine unsichtbaren Peiniger zu bekämpfen. Leute, die Brendan kommen sahen, wechselten hastig die Straßenseite. Ich konnte diese verlorene Seele kaum mit dem Mann verbinden, den ich am Anfang des Sommers vor dem Lebensmittelladen getroffen hatte.

Brendan bog um eine Ecke. Ich begann zu joggen, damit ich ihn nicht aus den Augen verlor, mein Verstand ein krachendes Meer von Fragen. Was meinte die Frau mit ‚toter Erde‘? Könnte sich die Erde selbst für Mailís an Cormac gerächt haben? Sie war eine Weise gewesen, von den Feen auserwählt. Hatten die Feen tödliche Schritte unternommen, um ihr gebrochenes Herz zu rächen? Irgendwie konnte ich das nicht glauben. Feen waren Geschöpfe des Lebens nicht des Todes.

Brendan verlangsamte sich, als wir den Rand des Dorfes erreichten. Die Häuser standen hier immer weiter auseinander. Die Energie der Erde summte durch die Sohlen meiner Schuhe, vibrierend und lebendig. Wir verließen Anacullough. Brendan wanderte eine lange Straße entlang, gesäumt von kleinen, knorrigen Bäumen, an denen Äpfel baumelten. Ich fragte mich, ob er wusste, wohin er ging, oder ob er einfach ziellos umherwanderte in dem verzweifelten Versuch, seinen Dämonen zu entkommen.

Der Weg schlängelte sich durch Weideland. Es gab hier nur noch einige wenige Bauernhütten.

Schließlich begriff ich, worauf er zusteuerte: das O'Brien-Haus.

Das Haus musste einst wunderschön gewesen sein, doch jetzt zerbröckelte es. Eine Ecke des Fundaments schien halb im Boden versunken zu sein.

Nun verstand ich, was die Frau mit ‚toter Erde' gemeint hatte. Nichts wuchs auf diesem Grundstück. Kein Unkraut, kein Baum, kein Pilz. Nichts. Die Erde um das Haus herum sah so grau wie Asche und trocken wie Wüstensand aus. Lebendiges Grün umgab das Grundstück von allen Seiten, aber das Grundstück selbst mieden die

Pflanzen. Ich hatte noch nie etwas Unheimlicheres gesehen.

Ich beobachtete Brendan, wie er zum Haus hinauf taumelte. Seine schweren Schritte wirbelten die tote Erde auf. Schwarzer Staub ließ sich wie Schimmel an seiner Kleidung nieder. Er schlug wieder mit der Hand nach einer der Dämonenfledermäuse und drehte sich schließlich schreiend im Kreis. Ich konnte dabei einen Blick auf seine Hand erhaschen. Sie war erschreckend knochig und knorrig.

Die Dämonenfledermaus verschwand in seinem Bauch und Brendan krümmte sich, als hätte ihn eine Faust geschlagen. Gebückt wankte Brendan die halb zusammengebrochenen Stufen hinauf, fiel durch die Tür und schlug sie hinter sich zu.

Ich drückte meine Augen zu und eine heiße Träne floss mir über die Wange. Ich dachte an Jasher.

Sein Vater war verloren.

Kapitel 29

Ich blickte auf die Asche zu meinen Füßen. Sie strahlte Tod und Verwesung aus. Ein Gefühl sagte mir, dass meine Füße sie nicht berühren durften.

Doch ich hockte mich hin, um den Boden genauer zu inspizieren. Ich schnüffelte. Ein schwacher Geruch von Schimmel und Fäulnis stieg mir in die Nase. Ich streckte die Hand aus, zögerte, dann tauchte ich einen Finger in das, was früher einmal Erde gewesen war und nun undefinierbar schien. Die graue Substanz klammerte sich an meinen Finger. Ich rieb meinen Daumen daran. Eine Rauchfahne trieb von meinen Fingerspitzen auf. Ich schaute mir das Haus an, in dem Brendan verschwunden war, atmete tief ein und fuhr mit meinen Fingern in die Asche.

Sofort tauchte ein Bild vor meinen Augen auf. Zwei durchsichtige Gestalten, die sich im Hof bewegten. Überreste von Gartenpflanzen und Bäumen füllten den Hof und ich konnte die Schönheit sehen, die diesen Ort einst ausgemacht haben musste.

Ich keuchte und trat einen Schritt zurück. Es war, als würde ich das Ende eines Kinofilms sehen. Mailís näherte sich Cormac, ihre Miene verzerrt vor Wut. Sie trug dasselbe hochgeschlossene schwarze Kleid, das sie schon auf der Straße getragen hatte. Cormac, der eine Hacke in der Hand hielt, ließ das

Werkzeug fallen. Sein Körper wölbte sich in einem unmöglichen Winkel nach hinten. Es war eine stumme Horrorshow.

Cormac stürzte zu Boden und Mailís schritt auf ihn zu. Ihre Hand war immer noch ausgestreckt. Doch er regte sich nicht mehr. Nur die Pflanzen um ihn herum – sie beugten sich über ihn und begannen im Zeitraffer zu welken.

Eine Schockwelle ging durch mich hindurch. Mailís war eine Mörderin. Meine Vorfahrin hatte ihren Liebhaber getötet. Mein Kinn zitterte bei dem schrecklichen Anblick und mein Blut wurde zu Eis, aber ich konnte nicht wegsehen. Cormacs Tod stellte Mailís nicht zufrieden. Obwohl ich sie nicht hören konnte, wusste ich, dass sie schrie.

Cormacs Hand war gerade noch zwischen den Blättern zu sehen und ich keuchte, als ich sah, wie sie verdorrte, so wie die Pflanzen um ihn herum. Doch Mailís schien immer noch nicht zufrieden zu sein. Sie stand über ihm und trocknete ihn vollständig aus, bis er wirklich nicht mehr als Knochen in einer Hülle aus Haut war. Sogar seine Haare trockneten aus und wurden schließlich vom Wind davon geweht.

Der Tod breitete sich um Cormac herum aus. Ich sah entsetzt zu, wie Bäume verdorrten und umstürzten. Die Sträucher vertrockneten. Der Zersetzungsprozess geschah direkt vor meinen Augen.

Mailís hörte auf zu schreien, aber ihre Brust hob und senkte sich schnell, als sie auf Cormacs Mumie blickte. Eine Weile stand sie reglos da und beobachtete ihr Werk. Spuren von Tränen glitzerten auf ihrem Gesicht, aber ansonsten war die sanfte, weiche Frau kaum mehr zu erkennen. Schließlich ließ sie den Blick schweifen, um den Schaden ringsum zu ermessen. Ihre Augen weiteten sich vor Angst. Ich konnte sehen, wie Reue auf ihrem Gesicht dämmerte. Sie sah auf ihre Hände herab, und wieder um sich herum. Sie legte ihre Hände auf den Kopf, grub ihre Finger ins Haar. Dann drehte Mailís sich um, hob ihre Röcke und lief in Richtung des Waldes hinter dem Haus. Doch als sie den Rand des verdorrten Grundstücks erreichte, stieß sie auf eine unsichtbare Barriere und flog rückwärts.

Bevor ich vollständig registrieren konnte, was ich gesehen hatte, begann das Schauspiel wieder von vorne. Geisterhafte Pflanzen und Bäume füllten das Grundstück. Cormac jätete in gebückter Haltung ein Gemüsebeet. Mailís erschien zwischen den Bäumen, ihr Ausdruck eine Maske kalten Hasses. Sie beobachtete ihn nur aus der Ferne. Zornfunkelnde Augen, die jede seiner Bewegungen verfolgten.

Ich war überrascht, als eine dritte Gestalt zu meiner Linken auftauchte. Ein hübsches Mädchen in einem Kleid. „Aileen“, flüsterte ich. Die starke, gerade Nase des Mädchens sah nach so vielen

Jahrzehnten immer noch gleich aus. Sie war ein hübsches Mädchen, mit langem, lockigem Haar, das mit einem Band zurückgebunden war.

Mailís ballte die Fäuste, als Aileen sich Cormac näherte. Er machte eine Pause vom Unkrautjäten, um aufzustehen und ein paar Worte mit Aileen zu wechseln. Aileen begann zu weinen, wischte sich über die Augen und berührte dann ihren Bauch. Cormac zog ein Tuch aus seiner Hemdtasche und gab es ihr. Er schlang einen Arm um ihre Schultern und küsste ihre Schläfe, wie es ein großer Bruder tun würde. Er tröstete sie mit Worten, die ich nicht hören konnte, und Aileen nickte, trocknete ihre Augen mit seinem Tuch und küsste seine Wange. Dann überließ Aileen Cormac seiner Gartenarbeit. Cormac und Mailís sahen ihr beide nach, der eine mit Sorge und die andere mit hässlicher Eifersucht. Als Cormac den Kopf neigte, dachte ich zuerst, er würde beten. Der arme Mann hatte gerade seinen Bruder verloren. Ich fragte mich, wie lange die Szene auf der Straße für ihn her war. Vielleicht war es sogar noch derselbe Tag?

Mailís beobachtete, wie Aileen wegging. Dann trat sie aus dem Schutz der Bäume. Sie überquerte das Grundstück und sagte etwas zu Cormac, der sich überrascht umdrehte. Ihre krallenartige Hand hob sich, als er sich umdrehte, und den Rest kannte ich bereits.

Obwohl ich nicht wollte, sah ich noch einmal zu,

wie Cormac starb. Wie hatte das geschehen können? Mailís war dabei gewesen eine Weise zu werden, genauso wie ich. Ein Weise verfügte über die Kraft, zu heilen und zu nähren. Wie hatte sie es also geschafft, ihre Fähigkeit für das absolute Gegenteil zu missbrauchen?

Als Mailís abermals von der unsichtbaren Wand abprallte und alles von vorne losging, senkte ich meine Hand und ließ den aschigen Dreck wieder fallen. Mailís war nicht verschwunden. Sie hatte vermutlich auch keinen Selbstmord begangen. Sie war auf diesem Grundstück gefangen. Die Vergangenheit verschwand, als ich meine Hände säuberte, aber ich konnte meine Haut nicht ganz von dem Schmutz befreien, den die tote Erde hinterlassen hatte.

In aller Ruhe nahm ich mein Telefon heraus.

„Hallo?“, antwortete Jasher.

„Hier ist Georjie“, sagte ich, meine Augen auf das dunkle Haus gerichtet. „Kannst du mich bei den O’Briens treffen? Jetzt. Es ist wichtig.“

Kapitel 30

Während ich auf Jasher wartete, wanderte ich am Straßenrand entlang und pflückte einen Apfel von einem der Bäume. Er war sehr klein und leuchtend rot. Seine Mineralien und Vitamine speisten sich in meine Haut ein. Mit dieser Frucht konnte ich Blasenentzündungen, Fußpilz und eine Menge anderer Krankheiten heilen. Ich hielt den Apfel hoch und balancierte ihn an den Enden meiner Fingerspitzen. Ich zog die Nahrung in mich hinein und fühlte die Liebe zwischen der Frucht und meinem Körper. Ich betrachtete den Apfel voll Zuneigung und er schien als Antwort zu glänzen zu beginnen. Er war voller Wasser und strotzte vor Kraft. Ich konnte Energie aus dem Apfel schöpfen, ohne die Frucht selbst zu verletzen, aber ich nahm von ihr mit Liebe und Wertschätzung. Was, wenn ich dem Apfel stattdessen seine Energie voller Hass raubte? Was würde dann mit dem Apfel geschehen?

Plötzlich wanderten meine Gedanken zu Liz. Ich dachte daran, wie sie sich von mir distanziert hatte, nachdem sie Partnerin in ihrer Firma geworden war. Die neue und prestigeträchtige Rolle in ihrem Leben hatte alle Zuneigung und Aufmerksamkeit, die vorher ich erhalten hatte, auf sich gezogen. Ich dachte daran, wie sie nicht einmal versucht hatte, zu verbergen, dass sie mich den Sommer über loswerden wollte, und wie sie einfach so ihre

Meinung geändert hatte, als es ihr passend erschien. Ich dachte daran, wie ihre Sekretärin sich um meine persönlichen Angelegenheiten kümmerte und mich besser kannte als meine eigene Mutter. Ich ließ all den Ärger, die verletzten Gefühle und die Verlassenheit, die ich normalerweise fest in mir verschlossen hielt, herausströmen.

Ich saugte wieder die Nahrung aus dem Apfel, doch dieses Mal begann er zu schrumpeln. Seine Haut trocknete aus, als sein Leben in meine Finger lief. Es war so einfach. So unglaublich einfach. Ein Gebräu aus negativen Emotionen erfüllte mein Herz und meine Heilkräfte wurden tödlich. Der Apfel krümmte sich in sich selbst, wurde braun. Ich hörte nicht auf, bis er nur noch ein ausgetrockneter, brüchiger Kern war. Eine Träne glitt mir über die Wange und ich wischte sie weg. Meine Brust schwoll an und mein Herz hämmerte schwer. Weitere Tränen bildeten sich in meinen Augen.

Was wurde aus einer Weisen, die ihre Fähigkeiten zum Töten statt zum Heilen nutzte? Mein eigener Körper antwortete mir. Es fühlte sich an, als ob etwas meinen Atem aus mir heraussaugen würde. Erschrocken ließ ich den Apfel los, doch das unheimliche Saugen blieb.

Ich war wütend auf Liz. Aber ich hasste sie nicht. Im Gegenteil. Ich liebte sie. Trotz der Kluft zwischen uns war sie immer noch meine Mutter. Ich konnte leicht einen Apfel austrocknen lassen mit den negativen Emotionen, die aufflammten, wenn ich an sie dachte. Was konnte ich also tun, wenn ich jemanden wirklich hasste? Mailís hatte mir die erschreckende Antwort auf diese Frage gegeben.

„Was machst du hier?“

Ich hatte nicht bemerkt, dass Jasher mit seinem Wagen vorgefahren war. Er sprang heraus und stand plötzlich vor mir. Verwirrt blickte er auf den ausgetrockneten Apfel zu meinen Füßen. Wie viel hatte er gesehen?

Seine warme Hand berührte meinen Rücken. „Georjie, sprich mit mir.“

Ich presste die Augen zu und wischte die Tränen weg. Doch die ausgetrocknete Leiche im Garten blitzte selbst hinter meinen geschlossenen Augenlidern auf. Wenn Mailís zu so etwas fähig war, dann war ich es auch. Wir waren gleich. Plötzlich wollte ich nichts mehr als meine Kräfte an die Feen zurückzugeben. Aber zuerst hatte ich eine Aufgabe zu erfüllen.

„Wir müssen deinen Vater da rausholen.“

Jashers Gesicht verhärtete sich. Aber es war ein Zeichen dafür, wie sehr er mit vertraute, dass er keine Fragen stellte, sondern auf das verfluchte Grundstück zuging.

Schnell hielt ich ihn zurück: „Nein, Jasher. Überquer diese Linie nicht. Was immer sich dort niedergelassen und von deinem Vater Besitz ergriffen hat, wird auch von dir Besitz ergreifen.“

Seine Augen weiteten sich. Mit einem großen Atemzug schrie er Richtung Haus: „Dad!"

Ich stimmte mit ein: „Brendan!"

Wir riefen und riefen und endlich öffnete sich die Haustür. Brendan trat auf die Veranda. Er schwankte, und sein Arm flog durch die Luft, als ein Dämon in seiner Schulter verschwand.

„Hast du das gesehen?", fragte ich.

Jasher schüttelte den Kopf, aber er knurrte durch die Zähne: „Nein, aber ich sehe, dass er stirbt. Ich weiß nicht, was passieren wird, wenn er mich sieht. Selbst an seinen besten Tagen konnte er damit nicht umgehen. Deshalb habe ich ihn seit Jahren nicht mehr getroffen. Ich wusste, dass er diesen Ort gekauft hat, aber ich habe ihn nie besucht ..." Plötzlich legte Jasher mir seine kalten Hände auf die Schultern und zwang mich, ihm ins Gesicht zu sehen. Etwas Wildes funkelte in seinen Augen. „Was meintest du mit, was sich hier niedergelassen hat'? Was hat sich hier eingenistet?"

„Mailís", flüsterte ich.

Wie als Antwort auf ihren Namen trieb schwarzer Staub vom Boden auf. Ich packte Jasher am Arm.

„Dad! Komm zu uns!", rief Jasher.

Brendan schüttelte den Kopf wie ein Hund, der etwas gehört hat, das zu hoch für sein empfindliches Gehör ist. Er taumelte zur Seite und stolperte von der Veranda auf die Treppe.

Jasher beobachtete seinen Vater, während ich

nicht von dem aufsteigenden Rauch wegsehen konnte. Was geschah hier?

Brendan taumelte noch ein paar Schritte weiter, stolperte auf der untersten Stufe und fiel auf die Knie. Jasher drängte vorwärts, und ich kämpfte darum, ihn zurückzuhalten.

„Lass mich los, Georjie. Er wird es nicht schaffen!“

Der schwarze Staub verdichtete sich. Bildete eine Form, eine Säule. Jasher sah es endlich auch, und wir beide schreckten zurück.

Hinter der Säule tauchten mehrere Fledermäuse auf, zusammen mit einem Geräusch, das jedes Haar an meinem Körper zu Berge stehen ließ. Ich begriff plötzlich, was diese Aschesäule war.

Jasher sah mich an. „Wir brauchen Hilfe!“, rief er. „Du musst sie rufen.“

Ich wusste, wen er meinte. Die Feen. Doch ich zögerte und lockerte meinen Griff an seinem Arm. Jasher nutzte diese Gelegenheit, und bevor ich ihn aufhalten konnte, machte er sich los und eilte über den Totenhof zu seinem Vater. Ich stolperte, als er sich losriss. Jasher sprintete auf die schwarze Säule zu. Als er an ihr vorbeikam, drangen schwarze Tentakel aus der Säule und ergriffen ihn. Jashers Rücken wölbte sich und er schrie verzweifelt auf. Aber es gelang ihm, sich von den Tentakeln loszureißen. Er erreichte seinen Vater. Brendan plapperte Unsinn und begann plötzlich auf seinen

Sohn einzuschlagen. Jasher wich den Schlägen aus, während er versuchte, seinen Vater auf die Beine zu bringen. Ich konnte hören, wie er auf Gälisch mit ihm sprach.

Unterdessen wurde die Säule größer und verwandelte sich. Sie bekam Arme aus Asche, die wie Seile aus der Mitte ausschlugen. Sie hatte kein Gesicht, nur eine dichte Spindelform wie ein Oktopus.

Ich spürte schreckliche Gefühle von dieser Säule ausgehen. Einsamkeit und tiefe, gallenbittere Reue. Nicht mit meinem Gehör, sondern mit einem höheren Sinn vernahm ich ein schreckliches Kreischen.

Mir blieb nichts anderes übrig. Ich begann die Feen bei ihren Namen zu rufen.

Kapitel 31

Jasher und Brendan wirkten wie betrunken. Sie taumelten und schafften es nicht, das Grundstück zu verlassen. Ich begriff, dass auch Jasher langsam in den schwarzen Einfluss geriet. Ich musste sie da rausholen! Und zwar sofort. Die Fledermäuse tauchten jetzt sowohl in Brendan als auch in Jasher. Mit Übelkeit sah ich ihre rauchigen Körper verschwinden und wieder auftauchen. Obwohl ich etwas tun musste, blieb ich im Gras. Ich konnte ihnen nicht helfen. Ich brauchte die Hilfe der Feen!

Also rief ich ihre Namen, beginnend mit den Namen aus meinem Traum. Die ältesten Feen. Die mächtigsten Feen. Wenn jemand die Kraft hatte, diesen Dämon zu besiegen, dann waren es die Geister der Natur.

Aus den Augenwinkeln begann ich farbige Lichter wahrzunehmen. Sie sammelten sich in den Bäumen jenseits des Grundstücks. Erleichtert atmete ich auf. Sie waren gekommen!

Die Tentakel der Aschesäule ergriffen Brendan und Jasher. Brendan brach auf die Knie. Jasher stand noch, aber er krümmte sich, versuchte mit fuchtelnden Armen, sich gegen die Tentakel zur Wehr zu setzen.

Voller Angst rief ich weitere Namen, einen nach dem anderen. Die Lichter in der Ferne kamen jetzt näher. Sie kamen von überall. Aus dem Boden, aus den Blättern, ja, sogar aus den Steinen erhoben sie sich. Als das erste der Feenlichter die Grundstücksgrenze überquerte, hörte ich auf zu rufen und beobachtete nur noch.

Die Lichter flogen auf die Aschesäule zu. Ich erwartete, dass die Feen den Dämon auflösen würden, doch das Gegenteil war der Fall. Die Lichter *verschwanden* einfach in ihm.

Ich konnte nicht fassen, was vor sich ging. Wollten die Feen von innen angreifen? Brendan und Jasher lagen jetzt beide am Boden. Jashers Gesicht war ausdruckslos, leer. Seine Haare wurden grau.

„Nein“, flüsterte ich. Meine Adern fühlten sich an, als ob sie mit Eissplittern gefüllt wären. Es funktionierte nicht. Die Feen schienen eingesaugt und zerstört zu werden. Das Grundstück war ein lebloser, trockener Ort, an dem die Feen nicht existieren konnten.

Vor meinen Augen verlor Jasher an Gewicht und ich konnte bereits Brendans Gerippe sehen.

„Nein!“, schrie ich. Ich rief mehr Feen. Name für Name, in der Hoffnung, dass die schiere Zahl der Lichter den Dämon überwältigen würde. Immer mehr Feen flogen aus den Wäldern und stürzen sich auf das Grundstück.

Doch ich schickte sie allesamt in den Tod.

Sie verschwanden, einer nach dem anderen, in der schwarzen Leere, und das ohne ein Geräusch. Ich hörte auf zu rufen und schluchzte trocken. Ich konnte nicht glauben, was ich da sah.

„Halt!“, rief ich den Feen zu. „Bleibt von dem Grundstück fern!“

Die Lichter hörten auf mich. Sie hielten inne und kreisten um das Grundstück herum. Wut und Panik erfüllten mich. Ich schloss meine Augen. Ich würde selbst kämpfen müssen, aber wie? Ich wusste noch nichts über meine Kräfte und ich hatte nicht vergessen, was Mailís mit Cormac angestellt hatte.

Ich erinnerte mich an den verdorrten Apfel. Ich durfte meine eigenen Kräfte nicht durch Hass oder Wut aktivieren. So war Mailís verflucht worden. Ich könnte genauso enden, wenn ich mich von meiner Angst und Wut überwältigen ließ. Ich öffnete meine Augen, und ein Schrei entfuhr mir. Jasher lag im Dreck. Sein einst so schöner, kräftiger Unterarm war nur noch ein dürrer Zweig, auf seinem Handrücken konnte ich feine Knochen sehen. Meine Fähigkeit, heilende Energien zu schöpfen, kam mir völlig nutzlos vor. Und mir lief die Zeit davon. Ich musste Jasher und Brendan da rausholen!

Ich rannte auf Jasher zu, aber als ich die Grenze zwischen dem Gras und der Asche passierte, schlug der Dämon zu.

Es gab keine Warnung. Nichts, was ich bis dahin in meinem Leben erlebt hatte, hätte mich jemals auf einen solchen Schlag vorbereiten können. Der Hieb traf mich direkt in den Bauch und presste die Luft aus meinen Lungen. Ich versuchte stehenzubleiben, aber ich spürte, wie die Kraft aus meinen Gliedern wich. Gegen meinen Willen sank ich zu Boden. Dann traf mich ein weiterer Schlag und schleuderte mich in die Luft. Ich flog mit voller Wucht gegen Jashers Wagen. Mein Kopf schlug zurück und ich hörte ein Geräusch, als würde eine Karotte brechen. Ich rutschte zu Boden. Mein Rückgrat war zerschmettert.

Ich nahm die Welt nur noch wie durch eine Baumwollhülle wahr. Das Fleisch meiner Lungen klebte zusammen, und egal wie sehr ich es versuchte, ich konnte nicht atmen. Mein Körper zuckte.

Reglos lag ich da. Jahre schienen zu vergehen. Und während ich in meiner persönlichen ewigen Hölle gefangen war, bewegte sich die Welt weiter. Jasher und Brendan wurden zu mumifizierten Toten. Faith und Liz wurden alt und verstarben. Targa und Saxony standen als Brautjungfern bei der Hochzeit der jeweils anderen. Die langen Schatten der Bäume um mich herum zogen tausendmal an mir vorbei. Targa gebar Zwillinge, während Saxony die Welt bereiste und Akiko ...

Als ich dort lag und der Schatten des Todes meine Haut kühlte und meine verkrüppelten Organe schwach pulsierten, wurde mir klar, dass ich keine Vorhersagen für Akikos Zukunft machen konnte. Kannte ich sie überhaupt? Und was war mit Liz?

Ich war ihr gegenüber so unversöhnlich, so starr gewesen. Ich hatte sie willentlich verletzt, und es war mir gleichgültig gewesen. Jashers Gesicht tauchte in den Wolken auf. Seine Augen, als er Brendan angesehen hatte, waren von Liebe erfüllt gewesen, selbst nach all den Misshandlungen, die er ihm angetan hatte. Wenn er den Großmut in sich finden konnte, Mitgefühl für seinen Vater zu empfinden, wie konnte ich dieses dann meiner Mutter verwehren?

Tränen liefen über meine Schläfen und versickerten in meinem Haaransatz. Die Tränen rissen mich zurück in die Gegenwart. Meine Lungen entspannten sich schließlich so weit, dass ich atmen konnte. Aber mein Körper war immer noch gebrochen. Meine Wirbelsäule. Meine Nieren. Zerschmettert.

Georjayna. Du musst dich bewegen.

Ich hustete und keuchte. Der Schmerz war unerträglich. Ich konnte meine Finger bewegen, aber der Schmerz war nahezu unerträglich. Auch mein Kopf ließ sich drehen und ich konnte offensichtlich schreien, denn als ich meinen Kopf drehte, schrie ich so laut wie jemand, der halbtot auf dem Boden lag noch schreien konnte. Ich brauchte …

Pflanzen. Ich blickte unter den Truck. Auf der anderen Seite des Wagens befanden sich Blumen und Gras. Zwei Meter vielleicht. Aber es hätten genauso gut zwei Meilen sein können.

Pflanzen. Wenn ich auf ihre Energie zugreifen könnte ... Ich bewegte meine Hand in Richtung des grün gefüllten Grabens am Straßenrand. Ich betete und stellte mir vor, wie die Pflanzen wuchsen und zu mir kamen. Aber sie bewegten sich nicht.

„Verdammt!“, fluchte ich in Gedanken.

Hinter mir ertönte ein erneutes Kreischen. Ich wusste nicht, was auf dem Grundstück vor sich ging, aber die Erinnerung an Cormac verlieh mir eine ungefähre Vorstellung.

Ich versuchte meine Beine zu bewegen, doch sie rührten sich nicht. Mein Körper war von meiner Hüfte abwärts gelähmt. Mir blieb keine Wahl. Ich musste auf den Händen unter dem Truck hindurch kriechen.

Ich legte meine Handflächen auf den Boden und stemmte mich schreiend hoch. Als ich mich in einer halb aufrechten Position befand, begann ich mich nach vorne zu ziehen. Ich bewegte mich quälend langsam. Jeder Zentimeter verlangte mir mehr Kraft ab, als ich glaubte, in mir zu haben. Jede Sekunde erlitt ich mehr Schmerzen als in meinem gesamten bisherigen Leben. Unter allen anderen Umständen hätte ich aufgegeben. Ich hätte mich hingelegt und auf Hilfe oder den Tod gewartet. Die Schmerzen wären zu groß gewesen. Nur der Gedanke an Jasher und was der Dämon gerade mit ihm anstellte, trieb mich vorwärts.

Als ich die andere Seite des Trucks erreichte, fiel ich besinnungslos ins Gras. Ich wusste nicht mehr, wer ich war oder was ich tat und warum. Ich wusste ... ich sollte irgendetwas tun. Aber was? Es spielte keine Rolle mehr. Ich wollte einfach nur im Gras liegen und sterben.

Vor meinen Augen erschien ein Licht.

War das der Himmel?

Ich streckte meine Hand nach dem Licht aus und es flog auf mich zu. Dann noch eines und noch eines. Die Lichter umkreisten mich und erfüllte mich mit Energie.

Sie heilten mein Rückgrat.

Ich riss die Augen auf. Plötzlich wusste ich wieder, was ich tun musste. Ich stand zitternd auf und streifte meine Schuhe ab, um mit meinen bloßen Füßen ins Gras zu treten.

Dicke, seilartige Wurzeln schossen aus meinen Fußsohlen und drangen tief in den Boden, pflügten durch die Erde und verbanden sich mit ihr. Farbiges Licht erhellte jede Pflanze, jeden Baum um mich herum. Mein Schmerz löste sich auf und meine noch gebrochenen Knochen wuchsen wieder zusammen.

Eine neue Empfindung erfüllte mich, so mächtig, dass sie wie ein Wirbelwind um meinen Körper strömte und mein Haar in die Höhe wehen ließ. Ich entfaltete mich zum Himmel wie ein Schössling, der sich von der organischen Materie unter mir ernährte. Ich wuchs … und wuchs … und hörte nicht auf zu wachsen. Der Lastwagen und das tote Land und das Haus schrumpften unter mir zusammen, als ich mich in eine dicke Eiche verwandelte, riesig und stark, mit Wurzeln, die in Schichten von Humus und Lehm eindrangen, die jede für sich einzigartige und nährende Eigenschaften besaß. Ich wuchs weiter. Meine Wurzeln kannten kein Ende und die Sonne filterte das Leben unablässig durch meine Haut hinein.

Wenn ich nach unten schaute, war der Dämon ein schwarzer Rauchschleier und die aschefarbene Erde um ihn herum ein sandiges Loch der Verwesung. Zwei Männer versanken in der grauen Asche, schwache Kreaturen in Gefahr. Seltsam, dachte ich. Weder der Dämon, der einmal Mailís gewesen war, noch der Vater oder der Sohn schienen zu merken, dass ich mich in einen Mammutbaum verwandelt hatte.

Energie und nährstoffreiches Wasser pulsierten durch meine Wurzeln und hinauf durch meine Gliedmaßen, in meine Organe und mein Gehirn. Alles um mich herum war meilenweit mit Lebenskraft erfüllt. Jede Pflanze, jeder Baum und jeder Strauch. Die Welt war zu einem Regenbogen aus sich bewegendem, pulsierenden Licht geworden.

Unter meinen Wurzeln und links und rechts von

mir verliefen helle weiße Lichtlinien. Ich hatte das Gefühl, als würde ich einen großen, schweren Kopf voller Äste schwingen, um erst zur einen, dann zur anderen Seite zu schauen. Das weiße Licht schoss pfeilgerade zu beiden Horizonten und war so hell, dass es alles überstrahlte, was sich in seinem Weg befand.

Im Hintergrund meines Bewusstseins hörte ich eine Stimme, so schwach wie eine Glocke, die in der Ferne schwang. Es war die Stimme von Faith: *Ley-Linien sind Energielinien, die die Erde durchziehen ...*

Ich lenkte meine Aufmerksamkeit zurück auf die Szene unter mir, fühlte die Panik der Menschen dort unten, Menschen, die ich kannte.

Das Loch der Fäulnis unter mir war für mich nicht mehr als eine verfaulte Stelle auf der Schale eines Apfels geworden. Die Art von Verderbnis, die man einfach mit einem Messer wegschnitt.

„Jasher", sagte ich. Ein Geräusch wie Donner rollte über das Land. War ich das? Ich war so groß, so mächtig. Acht Reben schossen aus dem Boden und streckten sich nach Jasher und Brendan aus. Drei von ihnen durchdrangen den Dämon und ein entfernter Schrei drang zu mir herauf. Die grünen Ranken umhüllten die Männer, wiegten sie und hoben sie aus dem von Fäulnis zerfressenen Sand. Meine Reben. Wie Nabelschnüre transportierten sie die Säfte der Erde und versorgten die Männer mit heilenden Nährstoffen aus Pflanzen, die ich aus meilenweiter Entfernung spürte und auswählte. Die Körper der Männer wurden prall und rosig. Ich konnte keinen Ausdruck auf ihren Gesichtern erkennen, sie waren verschwommen und schienen in einer Sprache zu kommunizieren, die ich vielleicht früher einmal verstanden hätte. Meine Reben legten die beiden Männer ins Gras.

Ich richtete meine Aufmerksamkeit auf den Dämon. Was zuvor so riesig und schrecklich erschienen war, erschien mir jetzt klein, schwach und gebrechlich.

Kapitel 32

Ich streckte meine rechte Hand aus, die jetzt ein riesiger Ast geworden war. Mein linker Arm – ein weiterer massiver Ast –, streckte sich zur anderen Seite aus. Die Zeit hatte sich verlangsamt und ich hatte die schweren, kraftvollen Bewegungen eines Giganten angenommen.

Ein krachendes Geräusch rollte über die Landschaft hinweg und hallte von den Hügeln in der Ferne wider, nun ein langsames, vibrierendes Stöhnen, als würde ein riesiger rostiger Nagel aus einem Holzbrett gebrochen. Ich konnte fühlen, wie der Boden um meine Wurzeln bebte. Zwei riesige Risse bildeten sich in der Erde, als ich das Land zu beiden Seiten des Grundstücks anhob. Das dunkle Haus stürzte ein und rutschte zwischen die Erde. Schwarze Fledermäuse, die Rauch hinter sich herzogen, flogen aus den Fenstern und den Rissen in den Wänden, wirbelten umeinander und schlugen panisch um sich.

Der Dämon schrie. Denn sein totes Heim löste sich auf. Auch der Dämon schrumpfte in sich zusammen und verwandelte sich. Gliedmaßen bildeten sich aus dem schwarzen Staub und die Gestalt einer Frau kam zum Vorschein. Ich konnte sogar das Kleid erkennen, das sie getragen hatte, als sie sich für immer eingeschlossen hatte.

„Mailís“, sagte ich. Meine Stimme donnerte über

das Land. Ihre Miene klärte sich, als sie ihren Namen hörte. Aus Augen, die in Schatten versunken waren, blickte sie zu mir auf.

„Er liebte dich. Cormac liebte, wer du einmal warst."

Mailís starrte mich hasserfüllt an. Hatte sie verstanden, was ich gesagt hatte? Glaubte sie mir?

Sie fletschte die Zähne, doch dann änderte sich ihr Gesichtsausdruck. Sie begann zu weinen. Sie warf den Kopf zurück und stieß einen gequälten Schrei zum Himmel aus. Sie öffnete ihre geisterhaften Arme, um sich ihrem Schicksal zu ergeben. Als die Mauern aus Erdboden über dem Haus zusammenstürzten, begruben sie den Dämon, die Fledermäuse, das Haus und die verfaulte Asche. Ich mischte die Erde. Alles trieb umeinander, wurde eins, und das Mächtigere siegte. Frisches, unverbrauchtes Land entstand.

Eine Stimme drang von weit her zu mir: „Georjie."

Ich registrierte den Namen. Ich … war Georjie. Meine schweren Glieder wurden wieder leicht und weich. Erst jetzt wurde mir bewusst, dass die Wurzeln, die aus meinen Fußsohlen geschossen und in die Erde eingedrungen waren, aus reiner Energie bestanden. Ich hob ein Bein in die Luft.

Die Energie, die aus der unermesslichen Tiefe der Erde in mich eindrang, halbierte sich augenblicklich in ihrer Intensität und ich wankte. Ich setzte meinen

Fuß wieder ab und stabilisierte mich. Ich stand da und atmete. Ich schaute an mir hinab, betrachtete meine Hände. Ich spreizte meine Finger. Sie waren offen, lang und schön. Dies war immer noch mein Körper. Ich war kein Baum.

Ein hysterisches Lachen entfuhr mir. Ich wand meine Zehen und sah mich nach meinen Flip-Flops um, aber ich konnte sie nirgendwo finden.

„Georjie."

Ich drehte mich um und schaute auf Jasher. War es nur meine Einbildung oder war er größer geworden?

„Du siehst ... gesund aus", sagte ich. Meine Stimme brach, ich schluckte schwer. „Hast du meine Schuhe gesehen?"

Er hielt mir stumm meine Flip-Flops hin. Ich ließ sie auf die Erde fallen und schob meine schmutzigen Füße hinein.

„Ich brauche eine Dusche", sagte ich. Ich war voller Dreck und Erde. Aber was mich früher wahnsinnig gemacht hätte, war nun ein Vergnügen.

Ich bemerkte mein Telefon in seiner anderen Hand, seine gebräunten Finger fest um das rosa Gehäuse geschlungen.

„Oh, ich danke dir." Ich griff danach, und er hob seine Hand und ließ es mich nehmen. Da bemerkte ich den Mann, der direkt hinter dem Truck stand.

„Hallo", sagte ich. „Wir haben einander schon einmal getroffen. Erinnern Sie sich?"

„Das tue ich“, sagte Brendan mit einer resonanten Bassstimme. Er sah jünger und gesünder aus als der Mann, den ich am Anfang des Sommers auf der Straße getroffen hatte. Seine Augen waren nicht mehr verschlossen und getrübt, sondern von einem klaren und lebhaften Braun. Für einen Moment schien er wie erstarrt, doch dann schüttelte er sich, kam um den Wagen herum und streckte eine Hand aus. „Es tut mir leid, ich ...“

Wir ergriffen uns an den Händen und schüttelten sie unbeholfen, als wären wir Partygäste und nicht zwei Menschen, die gerade eine übernatürliche Erfahrung überlebt hatten.

„Schön, dich wiederzusehen“, sagte er.

Ich nickte. Dann begann mein Körper plötzlich zu zittern. Ehrfurcht, geradezu Angst überkam mich und vor meinen Augen blitzten Flecken auf. Ich streckte eine Hand aus. „Jasher?“ Meine Stimme zitterte und die Welt schien sich plötzlich um mich zu drehen.

„Ich bin hier.“ Ein fester Arm umschlang mich, gerade als meine Beine einknickten, und Jasher hielt mich aufrecht. „Ich bin hier, Georjie. Ich habe dich.“

„Ich kann nichts sehen“, flüsterte ich. Meine Finger klammerten sich an sein Hemd. Ich spürte seinen warmen Körper unter meinen Händen.

„Atme tief ein“, sagte er, so nah an meinem Ohr, dass ich den Atem von seinen Lippen spüren konnte.

Ich holte tief durch meine Nase Luft, einmal, zweimal, dreimal. Die Dunkelheit wich und Jashers Gesicht tauchte wieder vor mir auf.

„Dir wird nichts passieren“, sagte Jasher und strich mein Haar aus meinem Gesicht. Sein Arm hielt mich, bis meine Beine wieder Kraft genug hatten, um selbst zu stehen.

„Bring mich nach Hause“, flüsterte ich. „Bitte.“

Kapitel 33

Als ich aufwachte, war mein Zimmer noch weitgehend dunkel. Mein Geist war klar und meine Gedanken nicht mehr durcheinander.

Ich dachte an Mailís und den Weg, der sie dorthin geführt hatte, wo sie gelandet war. Sie hatte nie die volle Wahrheit darüber erfahren, warum Cormac sie verlassen hatte. Sie war überzeugt gewesen, dass es wegen einer anderen Frau gewesen war. Aber in Wahrheit hatte er es für seinen Bruder getan. Ich erinnerte mich an den Moment, als Mailís Körper an einer unsichtbaren Barriere abgeprallt war. Hatten die Feen sie dort eingeschlossen? Hatten sie gesehen, wie zerstörerisch sie mit ihren Kräften umgegangen war, und sich entschlossen ihr Einhalt zu gebieten? Oder hatte sie sich selbst eingeschlossen, indem sie alles Leben aus der Erde gesaugt und eine Leere erschaffen hatte, der sie nicht mehr entrinnen konnte?

Sie war immer noch dort gewesen, in gewisser Weise noch lebendig. Bedeutete das, dass ich ebenfalls unsterblich war?

Ich hörte ein Knarren und hob instinktiv den Kopf.

„Georjie?“ Es war Jasher, der an meiner Tür flüsterte.

„Hey“, flüsterte ich zurück.

Er trat in mein Zimmer ein und näherte sich meinem Bett.

„Habe ich dich geweckt?“

„Nein.“ Ich schüttelte den Kopf. „Geht es dir gut?“, fragte ich und setzte mich auf.

„Ja, ja, ja. Es ist alles in Ordnung. Bleib liegen.“ Die Matratze senkte sich, als er sich neben mir auf die Seite legte. Ich lehnte mich gegen mein Kissen und schob es unter meine Wange, sodass ich ihn ansehen konnte.

Er nahm meine Hand und drückte sie.

„Warum bist du so kalt?“, fragte ich und hielt meine Hand gegen seine Wange.

„Ich war draußen.“

„Wieso?“

„Ich musste nachdenken“, sagte er.

Das konnte ich nachvollziehen.

Wir lagen uns schweigend gegenüber. Ich konnte die Energie fühlen, die durch ihn pulsierte. Er drückte und streichelte meine Finger.

„Kann ich dir etwas sagen?“, fragte er schließlich, als könne er es nicht mehr zurückhalten.

„Alles“, antwortete ich.

„Ich kann keine Geister mehr sehen.“

Ein paar Herzschläge vergingen.

„Was?“, antwortete ich und setzte mich auf.

Er gab den Anschein von Entspannung auf und richtete sich ebenfalls auf. „Ich scherze nicht.“

„Woher willst du das wissen? Was, wenn keine Geister in der Nähe sind? Ich meine, wie kommst du darauf, dass du sie nicht mehr sehen kannst?“

„Es sind immer Geister in der Nähe, Georjie." Jasher sah auf seine Hände. „Ich war im Dorf. Zuerst habe ich es nicht bemerkt, ich war zu ... ausgeflippt wegen dem, was passiert ist. Als wir durch Ana fuhren, war mein Fokus nur darauf gerichtet, dich nach Hause zu bringen. Aber nachdem du eingeschlafen warst, begann ich nachzudenken. Da ist dieser eine Geist, der immer an der Ecke Fleet, vor O'Shea's Pub, herumhängt. Er ist verschwunden." Sein Akzent wurde immer stärker und er sprach schneller: „Ich nahm vorhin mein Fahrrad raus und fuhr zurück nach Ana, um diese Ecke und all möglichen Orte zu überprüfen, einschließlich Eithne."

„Keine Geister?"

Er schüttelte den Kopf. „Kein einziger."

Ich konnte die Aufregung in seiner Stimme vibrieren spüren.

„Könnte das einfach irgendeine Art von Zufall sein?"

Er nahm meine Hand. „Ich denke, was immer du mit mir getan hast, als du mich und das Leben meines Vaters gerettet hast, hat geheilt, was mich seit meiner Geburt gezeichnet hat. Ich fühle mich wie ein völlig anderer Mensch."

Ich war wie vom Donner gerührt. „Das ist unglaublich, Jasher."

„Das ist mehr als unglaublich, Georjie. Es ist lebensverändernd. Weißt du, was das bedeutet?"

Er machte sich nicht länger die Mühe, zu flüstern.

Ja, ich wusste, was es bedeutete. Es bedeutete alles. Es bedeutete die Welt. Ich konnte es in seiner Stimme hören.

„Es bedeutet, dass du zur Universität gehen kannst. Dass du Rom und Angkor Wat sehen wirst.“

Er nickte. Er hielt meine Hand. „Es bedeutet, dass ich leben kann, Georjie. Es bedeutet, dass du mir mein Leben zurückgegeben hast.“

„Nicht ich, Jasher. Die Feen haben das getan.“

Er schüttelte den Kopf. „Vielleicht haben sie dir die Kraft gegeben. Aber du hast sie verwendet.“ Er streichelte meine Wange. „Ich danke dir.“

Ich wusste nicht, was ich sagen sollte. Ich konnte nicht die Lorbeeren für das, was ich getan hatte, annehmen. Ich war mir nicht einmal bewusst gewesen, dass es geschah, ich wollte nur nicht, dass Jasher Cormacs Schicksal erlitt. Ich wünschte mir irgendwie, ich könnte in der Zeit zurückgehen und auch Cormac retten. Ich wünschte mir ...

„Ich muss dich küssen“, sagte Jasher plötzlich. „Darf ich dich küssen?“

Ein Teil von mir hatte immer gedacht, dass Männer Weicheier waren, wenn sie das fragen mussten, aber ich entdeckte eine versteckte Bedeutung in seiner Frage. „Du hast mich schon geküsst.“

„Nein, habe ich nicht“, sagte er. „Überhaupt nicht.“ Und damit schloss er den Raum zwischen uns und legte seine Lippen auf meine. Ein starker Arm schlang sich um meinen unteren Rücken und zog mich zu ihm, direkt auf seinen Schoß.

Er spreizte seine Hand auf meiner Brust, über meinem Herzen, seine Fingerspitzen drückten sich in meine Haut, als wollte er fühlen, woraus sie gemacht war. Seine Hand glitt höher, über mein Schlüsselbein, an meinem Hals entlang, und wölbte sich hinten um meinen Schädel. Er wand seine Finger durch mein Haar und drehte meinen Kopf. Seine Bartstoppeln kratzten an meinem Gesicht.

Jetzt wusste ich, wie sich ein brennendes Streichholz anfühlte. Der Kuss entzündete und verzehrte uns. Ich schlang meine Arme um seinen Nacken, seine Muskeln bebten unter meinen Händen. Es waren die Verwundbarkeit und Großzügigkeit in dem Kuss, die meine Knochen wie eine warme Flüssigkeit schmelzen ließen. Niemals war ich so durchdringend und wehrlos geküsst worden. Während wir gierig den Atem, die Wärme, das Leben unserer Lippen teilten, begann ich mich zu fragen, ob ich überhaupt jemals geküsst worden war.

Ich wusste, dass Jasher etwas Besonderes war. Dieser Mann, diese talentierte, mitfühlende Seele, würde einen Einfluss auf die Welt ausüben.

Jasher und ich hatten eine Menge durchgemacht. Aber selbst in all den wunderbaren Momenten, die wir geteilt hatten, war immer eine Mauer um ihn herum gewesen. Während dieses Kusses riss er sie ein. Er entblößte seine Seele und ich sonnte mich in ihrer Schönheit.

Wir lösten uns irgendwann voneinander und wurden still, unsere Gesichter so dicht aneinander, dass meine Haut kribbelte. Lange Zeit konnten wir nur die Geräusche unseres Atems hören.

„Du bist außergewöhnlich“, sagte er, und die Worte sprangen ihm regelrecht aus dem Mund.

Komisch, ich hatte dasselbe über ihn gedacht. Aber ich hatte nicht mehr die Geistesgegenwart, um zwei Worte zusammenzubringen, geschweige denn ein mehrsilbiges Wort.

Ein knisternder Funke der Eifersucht loderte in mir auf, heiß und beißend. Jasher würde jetzt in die Welt hinausgehen. Es gab nichts, was ihn aufhielt. Er würde alles tun, wovon er geträumt hatte. Was würde er finden? Wen würde er treffen? Ich würde wieder zur Schule gehen. In Saltford. Ich würde wieder unter Liz' Dach leben, zurück in meiner Alltagsroutine. Es lag mir auf der Zunge, ihn zu bitten, mich mitzunehmen. Wir könnten zusammen die Welt entdecken.

„Ist dein Telefon in der Nähe?“, fragte er.

Ich blinzelte, und die Visionen von einer Rucksacktour mit ihm durch Nepal in meinem Kopf verrauchten. „Was?“, fragte ich.

„Dein Telefon. Hast du es hier?“

„Das ist das Letzte, was ich jemals von dir

erwartet hätte“, sagte ich.

Er lachte. „Es ist wichtig.“

Ich lehnte mich zurück und schnappte mir mein Handy vom Nachttisch. Ich reichte es ihm. „Ich dachte, du hasst Handys.“

„Tue ich auch, aber ich muss dir etwas zeigen.“ Er nahm das Handy und schaltete es ein. Dann gab er es mir zurück. „Kannst du deine Fotos öffnen? Es war schwer genug für mich, herauszufinden, wie ich deine Kamera finden kann. Keine Ahnung, wo die Fotos hinkommen.“

Verwirrt öffnete ich meinen Foto-Ordner. Das erste Bild, das auftauchte, ließ mich blinzeln. Das war ich. Aber ich war es nicht.

„Deshalb hattest du also mein Handy in der Hand“, sagte ich, während ich das Bild anstarrte.

„Aye, wie sich herausstellte, haben diese Dinger doch ihren Nutzen.“

Ich stand barfuß auf der Erde, aber Schmutz bedeckte meine Beine bis zur Mitte der Schienbeine, als wäre ich gerade aus einem Loch getreten. Meine Arme waren geöffnet und meine Finger gespreizt. Es sah fast so aus, als würde ich ein Orchester dirigieren. Mein Gesicht war heiter, mein Mund offen, als ob ich sprechen würde. Mein Haar wehte in alle Richtungen, als ob es einen wilden Wind gäbe, aber meine Kleidung hing schlaff an mir herunter. Doch es waren die Augen, die mich wirklich schockten. Sie waren vollkommen weiß und leuchteten mit einem reinen, ätherischen Licht. Ich sah aus wie ein Racheengel.

„So sah ich aus?“

„So ist es“, sagte er und schaute über meine Schulter auf das Bild. Er küsste die Wölbung meiner Schulter und stützte dann sein Kinn darauf ab.

„Ich habe mich nicht in einen Baum verwandelt?“

Er lachte und hob den Kopf. „In einen Baum?“ Er strich mein Haar aus meinem Nacken. „Nein. Warum? Hat es sich so angefühlt?“

Ich nickte. „Es fühlte sich an, als ob ich das ganze Land überragte, mit großen, schweren Armen, die sich langsam bewegten wie Baumzweige. Meine Wurzeln fühlten sich an, als gingen sie eine Meile in die Erde.“

„Du sahst nie wie ein Baum aus, und du warst auch nicht langsam, aber ich könnte glauben, dass du Wurzeln hattest.“ Er legte seine Lippen wieder an meine Schulter.

„Wie hab ich mich angehört? Habe ich gesprochen oder war das nur in meinem Kopf?“

„Nein, du hast gesprochen. Du klangst wie Donner. Es war wunderschön.“ Die Art, wie er Donner sagte, brachte mich zum Lächeln.

Ich schaltete das Telefon aus und legte es auf den Nachttisch zurück. Ich kuschelte mich in die Bettdecke und Jasher rutschte hinter mich und legte einen Arm über meine Taille. Er zog mich an seine

Brust, passte mich an ihn an und küsste mich hinter meinem Ohr.

So lagen wir da und schliefen schließlich ein.

Kapitel 34

Mein Handyklingeln rüttelte uns beide wach. Ich tastete auf dem Nachttisch herum, unfähig, meine Augen zu öffnen. Sie fühlten sich wie zugeklebt an.

„Hallo?“, krächzte ich.

„Georjayna?“ Die Stimme klang vertraut, aber ich brauchte einen Augenblick, um sie einzuordnen.

„Denise?“

Jasher setzte sich neben mir auf und rieb sich die Augen.

„Ja, ich bin's, Denise. Georjayna, deiner Mutter ging es nicht gut.“ Liz’ Sekretärin klang verstimmt, fast vorwurfsvoll. „Sie braucht dich. Ich habe deinen Flug umgebucht und dir dein Ticket gemailt …“

Ich öffnete den Mund und schloss ihn wieder. Ich hatte noch zwei Wochen Zeit, bevor ich nach Hause kommen sollte. Liz musste es wirklich sehr schlecht gehen. Plötzlich war ich hellwach.

„Kannst du in sechs Stunden am Flughafen sein?“

Ich zögerte keine Sekunde. „Natürlich“, sagte ich. „Aber was ist denn los? Es klingt ernst.“ Die Angst war wieder da. Der Groll, den ich gegenüber Liz empfunden hatte, war verschwunden. An seine Stelle trat Panik.

Jasher war aufgestanden, seine Haare standen in alle Richtungen. Er starrte mich an.

„Die Ärzte wissen es noch nicht, aber sie machen

ein paar Tests. Ich hole dich am Flughafen ab und bringe dich direkt ins Krankenhaus“, sagte Denise.

„Krankenhaus?“, wiederholte ich. Mein Herz setzte für einen Augenblick aus.

„Es geht ihr gut, Georjie. Konzentriere dich einfach darauf, nach Hause zu kommen, und ich werde dir alles erklären. Wir sprechen uns bald.“ Sie legte auf. Das war Denises Art, die Kontrolle zu behalten.

„Georjie.“

Jashers Stimme brach zu mir durch und ich sah auf. Ich versuchte nicht in Panik zu geraten. „Es ist Liz, sie ist krank. Ich muss nach Hause. Kannst du mich zum Bahnhof bringen?“

„Natürlich“, sagte Jasher sofort. Er kam um das Bett herum und zog mich in seine Arme. Seine Wärme und Kraft umhüllten mich. Er roch nach Bäumen und Kaminfeuer. Ich gönnte mir einen Moment des Trostes und ließ mich von seinen kräftigen Armen halten. „Haben sie dir gesagt, was mit ihr los ist? Ist sie in Gefahr?“

„Ich hoffe nicht.“ Meine Stimme brach. Die Schuld begann langsam zu brennen, wie Säure, die durch mein Herz und in meine Adern gepumpt wurde. Liz hatte mich zweimal angerufen und mich gebeten nach Hause zu kommen, und ich hatte sie angeschrien. Ich öffnete meine E-Mails und fand das neue Ticket, das Denise mir geschickt hatte. „Ich muss packen, mein Flugzeug fliegt um zwei

Uhr fünfundvierzig von Dublin ab."

„Ich werde dich nach Dublin bringen, Georjie. Ich lasse dich auf keinen Fall den Zug nehmen." Jasher bückte sich und schaute unter das Bett.

„Aber du hast Arbeit."

Er zog meinen Koffer hervor, legte ihn auf das Bett und öffnete ihn. „Ich bin mein eigener Chef, ich arbeite, wann ich will", sagte er. „Du packst, ich mache uns Frühstück für unterwegs."

Er sah mich an. Ich sah meine eigenen Gefühle in seinen Augen widergespiegelt. Wir waren noch nicht bereit uns zu verabschieden.

„Ich bin für dich da, Georjie, immer", sagte Jasher leise. „Selbst wenn ich eine Pilgerfahrt zu einem Tempel in den tibetischen Bergen mache oder auf einer kleinen Insel im Südpazifik bin, würde ich immer alles stehen und liegen lassen und zu dir kommen, wenn du mich darum bittest."

Ich würde ihn niemals bitten, so etwas zu tun, aber seine Worte brachten meine Unterlippe zum Zittern. „Heißt das, du legst dir ein Handy zu?", fragte ich.

„Ein Satellitentelefon, wenn es sein muss." Er schenkte mir ein Lächeln. Als er sah, wie sich meine Augen mit Tränen füllten, wurde sein Ausdruck weicher. Er umrundete das Bett und nahm mein Gesicht in seine Hände. „Es wird alles gut. Du wirst sehen. Du kannst deine Mutter heilen, was auch immer sie hat. Wenn du mich davon heilen konntest, die Toten zu sehen, gibt es kein Leiden, das zu groß für dich ist.“ Auch in seinen Augen standen jetzt Tränen. „Konzentriere dich einfach darauf, nach Hause zu kommen, okay? Ich werde Faith alles erklären.“

Wir küssten einander ein letztes Mal. Innig und tief.

Kapitel 35

Die Fahrt zum Flughafen verging viel zu schnell.

Jasher hatte uns Thunfisch-Sandwiches gemacht, etwas Käse und Cracker eingepackt und eine Thermoskanne mit Tee gefüllt. Jasher aß beim Fahren, aber ich hatte keinen Appetit.

„Den Regen wirst du wohl nicht vermissen“, sagte Jasher und schaltete die Scheibenwischer ein.

„Eigentlich macht er mir nichts aus“, sagte ich und schob mir die Kapuze bis zum Kinn hoch. „Er ist gut für die Erde.“

Jasher stimmte zu, und wir wurden wieder still. Die Scheibenwischer quietschten und das Geräusch der nassen Straße summte unter den Reifen. Jasher brach die Stille erneut: „Was glaubst du, warum hat Mailís beschlossen zu erscheinen, als wir dort waren? Nach dem, was du gesehen hast, war sie jahrzehntelang an diesem Ort des Todes gefangen. Warum tauchte sie ausgerechnet jetzt auf?“

„Weil ich ihren Namen gesagt habe“, antwortete ich.

Er sah überrascht zu mir hinüber. „Das war alles?“

„Die Feen reagieren auf ihre Namen – scheinbar auch Dämonen.“ Ich setzte mich auf, ein weiterer Hinweis kam mir in den Sinn. „Emily.“

„Wer?“

„In jener Nacht in Eithne“, sagte ich und drehte mich zu ihm um. „Emily, das blonde Mädchen mit den kurzen Haaren. Während sie mir die Geschichte von Eithne erzählte, listete sie die Namen von sieben irischen Rebellen auf, die dort gestorben waren. Ich schätze, die Toten reagieren auch auf ihre Namen."

„Die sieben Geister", fügte Jasher hinzu, als auch er begriff.

Ich schauderte. „Gott sei Dank hat sie nach sieben damit aufgehört."

„Aye." Jasher unterdrückte ein Schaudern. „Ich bin froh, dass ich mich damit nicht mehr beschäftigen muss."

„Ich bin auch froh, und ich hoffe, es bleibt dabei."

„Das wird es", sagte Jasher überzeugt. Dann sah er mich an. „Es wäre schön, wenn du jemanden wie dich finden könntest, mit dem du reden kannst", sagte er. „Wie einen Obi-Wan der Weisen ..."

Ich lächelte und nickte. Wir wurden wieder still und blieben es für den Rest der Reise.

Erst vor dem Security Check am Flughafen sprachen wir wieder.

„Also, wenn die Feen auf ihre Namen antworten", begann Jasher, „und Mailís auf ihren Namen antwortete, und sie war eine Weise, und du bist eine Weise ..."

Ich dachte, ich wüsste, worauf er hinauswollte, und schüttelte den Kopf.

„Liegt es nicht nahe, dass man dich auch rufen könnte?", fragte er dann und überraschte mich.

Ich lachte. „Und was soll dann passieren? Ich teleportiere mich herbei? Das glaube ich kaum."

Jasher blieb ernst. „Du hast ein paar verrückte Sachen mit der Erde gemacht, Georjie. Du hast ganze Landmassen in weniger als einer Minute bewegt. Es war, als würden sich tektonische Platten im Zeitraffer verschieben."

„Und du glaubst, dass ich durch die Erde reisen könnte?"

„Ich weiß es nicht, aber du bist eine Weise und darum mit den Feen verbunden, oder? Und sie kamen, als du sie gerufen hast."

„Du kannst versuchen mich zu rufen", sagte ich lachend. „Während du auf Bora-Bora bist, frische Kokosnussmilch trinkst und in einer Hängematte schaukelst, rufst du mich und ich werde mein Bestes tun, am Strand aufzutauchen."

Nun lachte auch er, küsste mich süß auf die Lippen und zog mich in eine lange Abschiedsumarmung. „Ich werde es versuchen", versprach er.

Kapitel 36

„Mom!“, rief ich.

Ich lief an ihr Bett. Sie hatte eine Infusion an ihrem Arm. Das Haar an ihren Schläfen war schlaff und strohig. Ihre Wangen waren hohl und die Knochen in ihren Händen waren so entsetzlich sichtbar, dass ich ein Schluchzen unterdrücken musste. Ich beugte mich vor und schlang meine Arme um ihren dünnen Körper. Sie streichelte schwach meinen Rücken.

„Das ist ein Wort, das ich eine Weile nicht gehört habe“, sagte sie leise. Ihre Stimme klang wie die einer alten Frau.

„Warum hast du es mir nicht früher gesagt!“ Ich zog mich zurück, um sie anzuschauen. Kaum waren die Worte aus meinem Mund, fühlte ich mich fürchterlich. Sie hatte es mir zu sagen versucht, aber ich hatte ihr nicht zugehört. Ich hatte mich wie ein bockiger Teenager verhalten.

„Es tut mir so leid“, sagte sie. Eine Bewegung an der Tür zog meine Aufmerksamkeit auf sich. „Denise, würdest du uns einen Augenblick allein lassen?“, bat ich. „Danke, dass du mich abgeholt hast.“

Denise nickte mit einem straffen Lächeln und schloss die Tür hinter sich.

„Also, was ist los?“ Ich zog einen Stuhl heran und setzte mich ans Bett.

Liz seufzte. „Sie wissen es nicht genau. Der Doc sagt, dass ich zu viel gearbeitet habe."

Das stimmte zweifellos, aber konnte nicht alles sein.

„Wann hast du es das erste Mal bemerkt?"

„Zum ersten Mal, als ich dich anrief und fragte, wie es mit Jasher läuft." Sie tupfte ihre Nase mit einem Taschentuch ab.

Meine Finger wurden kalt. „Fahr fort."

„Nachdem wir uns verabschiedet hatten, musste ich mich hinsetzen. Ich fühlte mich außer Atem, und mein Mund war trocken. Es schien, als könne keine Menge Wasser meinen Durst löschen. Es war schlimm für ein paar Stunden, aber dann schien es mir wieder gut zu gehen."

Ich nickte und holte tief Luft. „Hast du es jemandem erzählt?" Ich wusste die Antwort schon. Liz würde nicht freiwillig ins Krankenhaus gehen, bevor sie nicht mindestens ein Bein verlor.

Sie winkte ab.

„Und was ist dann passiert?", fragte ich.

„Dann, als du und ich diesen schrecklichen Streit hatten ..."

Ich schloss meine Augen, um mich auf das vorzubereiten, von dem ich wusste, dass es kommen würde. Ich dachte an Mailís. Sie hatte ihre Kräfte missbraucht und ich hatte dasselbe getan. Ich hatte Liz geschadet, ohne es überhaupt zu merken.

„Ich brach zusammen. Ich wollte mit dir sprechen,

es gab so viel zu sagen, aber ich konnte nichts tun außer keuchen. Die arme Denise hatte fast einen Herzinfarkt."

„Oh, Mom", flüsterte ich und ergriff ihre Hand. „Kannst du gehen?"

„Ja, ich kann gehen", sagte sie. „Ich fühle mich bereits um Welten besser."

„Dann lass uns spazieren gehen, ja? Gibt es in der Nähe einen Garten?"

Sie warf mir einen verblüfften Blick zu. „Es gibt einen im Hof. Er ist ziemlich hübsch. Ich bin mir aber nicht sicher, ob ich die Kraft habe."

„Ich werde dir helfen. Du wirst dich danach besser fühlen, Mom. Ich verspreche es dir."

Sie stieg aus dem Bett und wickelte einen Bademantel um ihren Pyjama. Ich fand ihre Sandalen und brachte sie an ihren Platz, damit sie sie anziehen konnte. Sie musste ihre Infusion mitnehmen. Meine Mutter ging nicht schnell, aber sie war auch nicht steif oder unbeholfen. Die Halle war ruhig, und ich war dankbar, dass Denise verschwunden war.

Auf dem Weg nach draußen fragte ich: „Warum wolltest du unbedingt, dass ich so früh nach Hause komme? Bevor du krank wurdest, meine ich. War es wirklich so, dass du mich einfach vermisst hast?"

Ihre Augen blitzten zu mir auf und wieder auf den Boden. „Ja. Ich ... Das Haus war so leer ohne dich."

Da war noch mehr. Ich wartete darauf.

„Und ich hatte Angst“, fügte sie schließlich hinzu, als wir vor dem Aufzug standen.

„Wovor denn?“

„Davor, dass du zu viel Zeit an diesem Ort verbringst.“

Jetzt kamen wir weiter. „Sarasborne?“

Sie nahm ein zerdrücktes Taschentuch aus der Tasche ihres Gewandes und tupfte damit ihre Nase ab. Sie nickte und schaute mir nicht in die Augen.

Der Aufzug dröhnte und die Türen fegten auf. Wir schlurften hinein und ich drückte den Knopf für das Erdgeschoss.

„Was ist los mit Sarasborne, Mom?“, fragte ich.

„Du würdest mich für verrückt halten“, sagte sie rundheraus.

„Stell mich auf die Probe.“

„Dein Urgroßvater Syracuse war sehr ungewöhnlich. Er glaubte an Feen, weißt du.“

„Wirklich?“ Ich biss mir in die Wange, um mein Lächeln zu verbergen.

„Er sprach immer über Feen, malte Bilder von ihnen und erzählte Geschichten darüber, wie besonders Sarasborne und unsere Familie für sie wären. Wie die Feen auf der Suche nach jemandem seien, der ihrer Gaben würdig wäre.“

Die kleinen Haare auf meinen Unterarmen richteten sich auf. Ich wusste nicht, ob Syracuse die Absichten der Feen richtig eingeschätzt hatte, aber es war noch verblüffender, meine Mutter so reden zu hören.

„Wie kommt es, dass du mir noch nie etwas davon erzählt hast? Besonders bevor ich nach Irland ging?"

„Nun, das ist doch alles Quatsch", sagte Liz. „Ich wollte deinen Kopf nicht mit Unsinn füllen."

Ich hasste es, sie in die Enge zu treiben, aber ich musste es wissen. „Wenn du es nicht glaubst, warum hattest du dann Angst?"

Sie sah unbehaglich aus. Der Aufzug hielt an und wir traten in einen Flur mit hellen Fenstern hinaus.

„Ich fing an, diese Gefühle zu bekommen", sagte sie ganz leise. „Als ob dir etwas Schlimmes zustoßen könnte."

„So wie es Mailís passiert ist?", fügte ich hinzu und beobachtete sie ganz genau.

Ihre Augen blitzten. „Faith hat dir von ihr erzählt?"

Ich schüttelte den Kopf. „Ich fand ihr Tagebuch in der Bibliothek."

Die kleinen Farbflecken auf den Wangen meiner Mutter verblassten. „Sie wurde verrückt, das arme Ding. Plötzlich sprach sie die ganze Zeit über Feen, so wie Syracuse. Und dann der Selbstmord." Sie knetete ihr Hände. „Ich hatte vielleicht einen kleinen Anfall von Aberglauben", gab sie zu. „Als du dort drüben warst, wo all diese seltsamen Geschichten ..."

„Mir geht es gut, Mom. Du brauchst dir keine

Sorgen zu machen.“

„Das kann ich sehen und es tut mir leid, ich hätte dich dort den Rest des Sommers genießen lassen sollen. Ich war nur ...“ Sie schüttelte den Kopf. „Ich dachte, ich hätte all das hinter mir gelassen. Aber ich werde wohl alt.“

Ich lächelte und schüttelte den Kopf. „Du wirst nicht alt, Mom.“

Ich drückte eine Tür auf und wir gingen hinaus in den sonnigen Hof des Krankenhauses. Es waren nicht viele Leute draußen, nur ein Mann und eine Frau. Der Mann saß in einem Rollstuhl, den Kopf nach hinten geneigt und die Augen geschlossen. Die Frau saß auf einer Bank in der Nähe und las ein Buch.

Ich nahm meine Mutter mit auf den Rasen und rutschte aus meinen Schuhen. Kribbeln fegte über meine Beine, als ich meine nackten Füße auf die Erde setzte. Das Gefühl von Wurzeln war da, die aus meinen Sohlen in die Tiefe schossen, aber diesmal fühlte es sich sanfter an. Die Wurzeln zogen sich ein, als ich meine Füße von der Erde hob, und streckten sich beim Aufsetzen wieder aus. Die Vegetation um mich herum glühte in einem weichen Licht.

Liz sah mich erstaunt an. „Was machst du da? Du hasst es, barfuß zu laufen. Du hast es gehasst, seit du klein warst.“

„Versuch es“, sagte ich. „Es fühlt sich herrlich an.

Es ist etwas, das ich zu schätzen gelernt habe, während ich in Irland war."

Sie schlüpfte aus ihren Sandalen und trat auf das Gras. „Das habe ich seit meiner Kindheit nicht mehr gemacht", murmelte sie.

Ich nahm ihre Hand. „Ist das nicht schön? Schließ deine Augen."

Sie schloss die Augen und neigte ihr Gesicht der Sonne entgegen.

Ich ließ die heilenden Kräfte durch mich hindurchfließen, meine Beine hoch, in meinen Torso, meine Arme hinunter und in die Hände. Es war jetzt leichter als zuvor, als ob ich einen Damm entfernt hätte, der die Energie blockiert hatte.

„Oh", sagte meine Mutter erschrocken. „Oh, Georjie!"

„Es ist alles in Ordnung", flüsterte ich.

„Es fühlt sich wunderbar an." Sie lachte laut auf und der Mann im Rollstuhl schaute zu uns herüber. Ich ließ die heilende Kraft auch zu ihm fließen und streckte die Hand nach ihm und der Frau aus. Ich lenkte sie nicht mit Absicht, ich ließ sie einfach dahin gehen, wohin sie wollte.

Ich sah zu, wie die Haut meiner Mutter Farbe gewann, ihr Haar seine spröde Textur verlor und das Grau an ihren Wurzeln sich mit Blond füllte. Die Haut auf ihren Handrücken wurde dicker. Selbst überrascht sah ich zu, wie die Nadel aus ihrer Haut herausfiel, das Klebeband zog sich von ihr ab, da der Kleber nicht mehr halten konnte.

Irgendwann hörte die Heilenergie auf, sich zu bewegen. Sie wirbelte irgendwie und trieb durch mich hindurch, wurde dann langsamer und versiegte.

„Wie fühlst du dich?“, fragte ich.

Sie öffnete ihre Augen. „Was hast du getan?“

„Ich habe in Irland ein, zwei Tricks gelernt“, sagte ich. „Lass dich davon nicht beunruhigen.“

Sie blickte mich nachdenklich an. Ihre Augen vernebelten sich und sie zog mich in eine Umarmung. „Es tut mir so leid, Georjie.“

„Was?“, sagte ich und erschrak. „Nein, Mom. Ich meine, keiner von uns beiden ist perfekt gewesen.“

Sie schüttelte den Kopf und zog sich zurück. „Ich war so abwesend. Seit dein Vater gegangen ist, weiß ich nicht mehr, was ich tun soll. Alles, was ich kannte, war Arbeit. Ich dachte, wenn ...“ Sie berührte meine Wange. „Wenn ich mir nicht erlauben würde, dich zu lieben, dann wäre ich nicht so verletzt, wenn du irgendwann auch von zu Hause weggehst.“ Sie schüttelte den Kopf. „Ich weiß, das ist nicht dasselbe. Was für ein Fehler. Wir haben so viele Jahre verloren.“

„Dann lass uns nicht noch mehr verlieren, Mom.“

Sie schüttelte den Kopf. „Nein, nicht mehr. Kannst du mir verzeihen?“ Tränen liefen ihr jetzt über das Gesicht.

Ich lächelte. „Vergeben ist leicht, wenn man

erkennt, dass man selbst nicht perfekt ist."

Kapitel 37

Ich speicherte meine Arbeit, schloss meinen Laptop und ging durch das Haus in die Küche. Ich machte mir einen Tee und nahm ihn mit durch die Terrassentüren und in den Garten. Der Mond war voll und sein sanftes Licht erleuchtete Saltford mit seiner kühlen Magie.

Ich lief in meinen Flip-Flops unseren Gartenweg hinunter zur Feuergrube. Dort fläzte ich mich in einen unserer handgefertigten Adirondack-Stühle und lauschte dem Zirpen der Grillen. Noch vor zwei Monaten hatte ich genau hier meine Freundinnen vermisst.

Ich schaute hinaus auf den Ozean, auf die funkelnden Lichter des Hafens. Ich kickte meine Flip-Flops davon und wälzte meine Zehen im kühlen Gras. Sofort leuchtete die Lebenskraft der Vegetation und des Bodens um mich herum mit farbigem Licht auf. Jede Spezies pulsierte sanft in ihrem eigenen Rhythmus. Ich kannte sie jetzt alle mit Namen, genau wie ich die Namen der Feen kannte.

Mein Blick wurde von einem helleren, härteren Licht angezogen, das aus dem Hafen kam. Ich stand auf und ging zum Kamm des Hügels am Ende unseres Anwesens.

Eine Linie aus hellem, fast hartem Licht bahnte sich ihren Weg unter Häusern und Straßen hindurch und hinunter zum Hafen. Die Linie ging ins Wasser, leuchtete blau, während sie den Ozean erhellte, und setzte sich bis zum Horizont hin fort. Sie wurde immer dunkler, während sie in die Tiefen des Atlantiks hinabstieg, bis sie schließlich aus meinem Blickfeld verschwand.

Mein Herz beschleunigte sich, als meine Augen der gleichen Lichtlinie in die andere Richtung folgten. Ich drehte mich um, mein Blick folgte ihr nach Westen. Mein Atem stockte, als ich sah, wie sich eine weitere dicke glühende Linie mit der ersten kreuzte. Sie kreuzten sich und bildeten einen perfekten Schnittpunkt mit Neunziggrad-Winkeln an jeder Ecke. Das Licht an der Kreuzung erschien so hell, dass es ganze Gebäude verschluckte. Jeder Baum, jeder Strauch und jeder Grashalm, der auf dem Weg dieser Linie wuchs, leuchtete wie eine Supernova. Die zweite Linie verlief südlich und nördlich, so weit meine Augen sehen konnten. Die dritte und vierte Linie, diese nicht ganz so hell wie die beiden anderen, kreuzten sich ebenfalls und zwar genau an dem Punkt, an dem sich die beiden anderen kreuzten. Die etwas dunkleren Linien verliefen nach Nordosten und Südwesten, sowie nach Nordwesten und Südosten.

„Ley-Linien“, flüsterte ich. Gänsehaut erhob sich auf meinen Armen, als der Nachtwind mein Haar aufwühlte. Saltford war auf vier Ley-Linien gebaut worden, und sie kreuzten sich direkt unter meiner

High School. Wie sonderbar. Wusste noch jemand, dass sie dort waren?

Was hatte Faith zu Beginn des Sommers gesagt? Ihre Worte kamen wie ein Echo zu mir zurück: *Eine nicht wahrnehmbare Matrix von Energielinien, die die Erde kreuzt ... Verbinden Orte von übernatürlicher Bedeutung ... Reich an elektromagnetischer Kraft ... Sie ziehen übernatürliche Aktivitäten an ...*

Meine Augen folgten der hellsten Ley-Linie hinaus in den Atlantik, hinunter ins Wasser. Das magische Licht färbte sich und verschwand dann Richtung Osten. Wo führte sie hin? Womit verbanden diese Linien Saltford?

Ich wusste immer noch nicht viel von diesen Dingen, doch wenn meine Vermutung der Wahrheit entsprach, dann ...

Mir stockte der Atem.

Epilog

Targa: *Wie läuft es mit deinem Cousin??*

Ich: *Ich bin mir ziemlich sicher, dass wir uns nie als Cousins oder Cousinen betrachten werden.*

Saxony: *Das klingt anders als das letzte Mal. Was ist passiert?*

Ich: *Wir sind uns näher gekommen.*

Targa: *Wie nahe genau?*

Ich: *Das erzähle ich euch besser persönlich.*

Saxony: *Das ist gemein!*

Ich: *Ihr beide habt auch so gut wie alles für euch behalten!*

Saxony: *Gutes Argument.*

Ich: *Ich bin schon zu Hause.*

Targa: *Schon? Wieso denn das?*

Ich: *Meiner Mutter ging es nicht gut. Aber sie wird schon wieder gesund.*

Saxony: *Du hast eine Mutter? Ich dachte, du lebst nur mit einer Mitbewohnerin zusammen, dieser Liz?*

Ich: *Wie sich herausgestellt hat, sind wir verwandt. Weiß einer von euch beiden, was mit Akiko los ist?*

Saxony: *Ich glaube, sie ist in irgendein japanisches Verbrechersyndikat untergetaucht. Wir werden vielleicht nie wieder von ihr hören.*

Targa: *Solange sie das Verbrechen lange genug auf Eis legt, um bei unserem Treffen dabei zu sein.*

Saxony: *Hoffen wir es. Ich würde wirklich eine*

Menge geben, um zu wissen, was sie treibt.
Ich: *Ich auch.*

Printed in Poland
by Amazon Fulfillment
Poland Sp. z o.o., Wrocław

74968256R00152